新\时\代\中\华\传\统\文\化

■ 知识丛书 ■

中华民间故事

主编 ◎ 李燕 罗日明

应急管理出版社

·北京·

图书在版编目（CIP）数据

中华民间故事／李燕，罗日明主编． -- 北京：应急管理出版社，2021（2024.3 重印）
（新时代中华传统文化知识丛书）
ISBN 978 - 7 - 5020 - 8952 - 8

Ⅰ.①中…　Ⅱ.①李…　②罗…　Ⅲ.①民间故事—作品集—中国　Ⅳ.①I277.3

中国版本图书馆 CIP 数据核字（2021）第 205310 号

中华民间故事（新时代中华传统文化知识丛书）

主　　编	李　燕　罗日明
责任编辑	高红勤
封面设计	郑广明

出版发行　应急管理出版社（北京市朝阳区芍药居 35 号　100029）
电　　话　010 - 84657898（总编室）　010 - 84657880（读者服务部）
网　　址　www.cciph.com.cn
印　　刷　艺通印刷（天津）有限公司
经　　销　全国新华书店

开　　本　710mm×1000mm¹/₁₆　**印张**　7　**字数**　96 千字
版　　次　2021 年 12 月第 1 版　2024 年 3 月第 2 次印刷
社内编号　20210834　　　　　　　**定价**　29.80 元

序　言

　　民间故事是一代代劳动人民的智慧结晶，蕴含着中华民族五千年的传统文化，承载着真挚且深厚的民族情感，包含着人们关于真善美的思考与感悟。在这座开满神奇故事之花的"百花园"，我们又会有什么样的收获呢？

　　在阅读精彩纷呈的民间故事之前，我们首先要了解什么是民间故事，我们为什么要学习民间故事。

　　民间故事是民间叙事散文的一种，是人们描述生活、表达情感、记忆历史、书写现实的主要方式。民间故事不仅仅是简单的故事书，它集结的是广大人民的智慧，是我们中华民族的传统文化。因此，我们不仅要阅读民间故事，更要将它们继续传承下去。

　　阅读传统美德故事，我们要学习古人勤奋、诚信、机智这些传统美德。车胤囊萤，孙康映雪，他们勤奋读书的精神让人为之动容，毅力让人为之感叹；商鞅立木为信，取得民众信任，张劭、范式诚实守信，从不失约，他们的诚信值得敬重，人品值得信赖；阿凡提智斗法官，戏弄地主，他的机智值得学习。

　　阅读爱国志士故事，我们要培养爱国情怀。无数古人在危难面前无所畏惧，用自己的微薄力量甚至是生命守护着我们的国家。在他们心中，有国才有家，保卫国家就是保卫自己的小家，国家就是哺育我们的"母亲"，只有国家安宁，我们才能拥有幸福的生活。

　　阅读能人异士故事，我们可以看到古人智慧的发明。从衣不蔽体到锦衣玉食，从依靠双手到利用工具，中华民族的每一个进步背后，都有着一个神奇的传说。这些传说就是对各行各业开创者的赞歌，体现的是他们的智慧与勤劳。

　　阅读仙人故事，我们可以看到古人奇妙的幻想。在古代，没有电脑，没有网络，能够慰藉人民的，只有那些天马行空的想象。在想象中，他们可以遇到无所不能的神仙，帮助他们化解灾难，过上美好生活。这正是他们对痛苦遭遇的反抗，对美好生活的向往。

　　阅读美好爱情故事，我们可以感受人们对自由与爱情的渴望。牛郎织女、梁山伯与祝英台等，这些美好的爱情故事是古人编织的梦想"摇篮"。在封建社会中，他们的言行被各种制度所束缚，所以只能创造出各种反抗封建、追求自由与爱情、结局圆满的故事，渴望在现实中可以获得自由，过上理想中的生活。

　　……

　　每个民间故事都和中国历史一样源远流长，和中华文化一样绚丽多彩。希望读者在阅读这些故事的同时，可以感受到古人带给我们的启迪，也能学会古人真、善、美、勤劳、无私、机智、坚强等美好的品质！

目 录

第一章

民间故事的
起源与发展

一、读民间故事，品文化魅力

我国有丰富多彩的民间故事，这些故事情节曲折，主人公命运多舛，具有鲜明的浪漫主义色彩。千百年来，民间故事在百姓中流传，与百姓的生活融合在一起。它们娱乐了一代又一代人，教育了一代又一代人，也把中华民族传统文化习俗一代代传承了下来。

民间故事又叫作"讲古话""摆龙门阵""说古""学古"，是民间文学中的重要题材之一。从广义上讲，民间故事是劳动人民创作并传播的、故事内容虚构的散文形式的口头文学作品，是所有民间散文作品的统称。

从远古时代开始，人们就口头流传着很多讲述人与人之间的关系纠葛、题材广泛而充满幻想的叙事体故事。这些故事往往从生活本身出发，加上人们自然的、异想天开的想象力，具有很多神奇色彩。

在辽阔的中华大地上，生活着五十六个民族，而民间故事就是各族人民生活中必不可少的部分。在农耕、纺织闲暇，讲述民间故事就是人们重要的精神活动，伴随着人们度过了无数艰难、困苦以及美好的时光。

在读囊萤映雪、立木为信这些故事的时候，人们从中感悟到了勤奋、诚信的重要性，感受到了这些传统美德散发的熠熠光辉。这些传统美德故事就是古人留给我们的精神榜样，它们指引着我们树立正确的价值观、人生观和世界观，健全我们的品格，推进文明的发展。

在读保家卫国、为国捐躯这些故事的时候，我们从中体会到了爱国志士的奉献精神，品味到了忠诚的力量，领会到了精忠报国的意义。这些关于爱国志士的民间故事同样是一笔宝贵的财富，让我们看到祖国崛起的不易，培养了我们的爱国意识。

各行各业的开创者推进了科技发展。先人为我们创造了汉字、印刷术、纸张、工具等，这些发明背后凝聚的是无数先人的勤劳和智慧。正是因为有无数开创者勇于探索、创造，才让中华民族变得越来越强大。我们在阅读这些开创者的故事时，品味的不仅仅是故事本身的情节，更是这些开创者勇于创新的精神。

此外奇幻的仙人故事、古老的古迹传说、美好的爱情故事等，也都是中华民族不可多得的传统文化。可以说，民间故事已经成为人们描述生活、表达情感、记忆历史、书写现实的主要方式，是我们感受社会生活、品味文化魅力、传递传统精神最直接的手段。

二、民间故事为什么是传统文化

中华民族在漫长的发展历程中，用勤劳的双手和智慧的头脑创造了灿烂的文化。从文学到技术，从技艺到科学，人们创造出了数之不尽的文明成果。这些成果无一不是中华民族特有的国粹、独有的传统文化。民间故事作为文学的分支，理所当然也是传统文化中不可缺少的一部分。

飞速发展的现代科技改变了人们的生活方式，影响着人们的生活习惯和审美趣味。当下的青少年感知和了解传统文化，大多是通过影视作品、网络小说、电子游戏等途径，阅读民间故事这种经典方式却被人们逐渐忽略。

与影视作品、网络小说、电子游戏这些现代科技途径相比，民间故事蕴含的文化意蕴才是最经典的传统文化。

民间故事是历史的载体，有着重要的历史意义。我们熟知的屈原沉江、苏武牧羊、班超投笔从戎等历史故事，每一个都包含鲜明的感情，以及人们反抗残暴、渴望建功立业的壮志雄心。

就拿苏武牧羊来说，苏武只是一个普通的外交大臣，但是他却用自己坚韧不拔的毅力，向单于证明，向世界证明，中华民族是一个伟大的民族，中国人的爱国精神可以冲破一切艰难险阻，惊天地，泣鬼神。

民间故事是民族朴素情感的体现，代表着人们对邪恶的厌恶以及对美好生活的向往。每一个民间故事所处的时代不同，人们的情感也有所不同。

在战乱频仍的时代，人们渴望和平，期盼能够过上平淡的日子，所以有了陈胜吴广起义、诸葛亮借东风这些故事；在封建制度的束缚下，人们渴望自由，希望可以过上美好的生活，所以出现了阿凡提传说、梁山伯与祝英台这些故事；在灾难频繁的环境下，人们希望可以拥有神奇的力量阻止灾难，重建家园，所以有了观音救世、白马拖缰这些故事。

在这些故事的背后，潜藏的是人们对时代的感叹，对未来的期盼和幻想。

民间故事是人们的精神食粮，能给人们带来极大的安慰和鼓舞。在没有其他娱乐方式的古代，人们在辛勤劳作之后，经常通过故事中生动离奇的情节获得精神上的放松和充实。

民间故事体现着人民最朴素的情感

例如孟姜女哭长城、牛郎织女等故事中的女主人公，都聪明伶俐、敢作敢为，并且故事意境优美，充满神奇的幻想色彩，这些故事经常会让生活艰难的人们获得无限的精神享受。

同时，民间故事对现代人还具有很大的教育意义。民间故事中往往寄托着古代人民的世界观、道德观以及社会理想。人们在传播这些故事的同时，也传递着良好的道德观，丰满着现代人的社会理想。

例如岳母给岳飞在背上刺字这种精忠报国的故事，让我们更深切地感受到祖国的重要性，极大地提升了我们的爱国情怀；又如阅读峨眉山、鸡公山、卢沟桥等名胜古迹故事，让我们更加了解古代的历史，了解这些古迹中蕴含的文化底蕴。

因此，对于我们而言，民间故事是经典的传统文化。古人一代又一代地将这种经典文化传承下来，为中华民族保留了历史的印记。作为中华民族的儿女，我们同样有义务将民间故事继续传递下去，让中华民族的历史长河永远流淌下去！

三、探寻民间故事的源头

在中华民族五千年的历史长河中，民间故事如同文化的船，承载着古人的思想、风俗习惯、道德准则、民族性格和宗教信仰。现在就让我们踏上这艘船，带着千百年来中华民族凝聚的智慧，去追寻长河的源头吧！

民间故事与人类共生，有人类生存的地方，就有各种各样的民间故事流传。不过，最初的民间故事是从何而来，人们又是出于什么心理创造的，这些就要从人类发展的历史源头说起。

人类自从会使用火、制作衣服、建造房屋之后，便对文明世界更加向往。在这种诉求之下，人们学会了创造文字，并用文字来记录历史。最初，人们只会书写简单的自然景观，例如日月星辰，后来随着人类文明的发展，人们学会用汉字记录生活。

早在先秦时期，我国就有史官和文人用简单的文字来记述民间的故事。在古籍《山海经》《尚书》《周易》等书中，都保留着丰富多彩的民间故事。

到了百家争鸣的春秋战国时期，人们的思想更加丰富，开始利用民间故事来表达思想，进行政治游说。这些诸子百家的思想在《庄子》《战国策》《韩非子》《论语》中都有所体现。

后来，诸如齐宣王、楚庄王等喜欢听故事的君主，为了能够随时听到有趣的故事，专门找了一些讲故事的人留在身边。这一行为大大助长了民间改编故事的风气，很多人开始用讲故事的形式寄寓道理，传达思想。

三国时期，我国最早的一部笑话集《笑林》出世，这本书第一次汇总了当时流传的笑话，并融入了当时的社会情态以及人民的生活和情感。

南北朝时期是民间故事的成熟时期，这个时期有大量民间经典故事集出现，如《博物志》《述异记》等。我们熟知的东海孝妇、白水素女等故事，在这个时期已经相当成熟。

隋唐时代，市井生活越来越繁荣，城市也得到了空前的发展，这时人们讲述故事的活动也越来越频繁。诸如《王昭君变文》《孟姜女变文》《董永变文》等故事，至今还被人们口口相传。

唐代出现了很多笔记小说、野史杂录和游记漫笔，如《广异记》《大唐西域记》等。这些文学书籍中的故事情节完整，内容生动而丰富，极大地推进了中国民间故事的发展。

宋代的城市建设有了更大的发展，市民生活富足，娱乐活动也变得丰富多彩。这个时期是民间故事最为辉煌的时期，如著名诗人苏轼所著的《东坡志林》、著名科学家沈括所著的《梦溪笔谈》都真实地反映了当时人民的生活，表达了他们的时代思想。

到了明清时期，人民的文化生活依旧以民间说唱、民间游戏和民间讲述为主。此时，民间故事的内容非常丰富，有《郁离子》这种富含哲理的生活故事集，还有《阅微草堂笔记》这种反映社会现状的故事集，又有《聊斋志异》这种讲述鬼狐精怪的故事集。

随着时代的发展，人们的生活方式越来越多样化，故事形式也越来越多元化。从神灵鬼怪到魑魅魍魉，再到实际生活，这些故事就是人们用来传情达意、记录历史的最好载体。历史为我们保留着丰富多彩的民间故事，而民间故事也在时刻向我们诉说着辉煌的历史。

四、民间故事的种类

民间故事时代久远，往往伴随着人类的成长历程而发展，其夸张的故事情节和充满幻想的故事内容，都承载着人们对于未来的美好愿望。

中国民间故事历史悠久，分布广泛，数量繁多。按照不同的分类方法，民间故事可以分为不同的种类。

通常，民间故事的主要类别包括神话传说、传奇故事、生活故事、才子佳人故事、公案故事等。

按照表现形式来划分，民间故事可以分为幻想故事、动物故事、世俗故事、民间寓言、民间笑话五种。

按照主体来划分，民间故事可以分为人物故事、史事故事、人文古迹故事、风俗故事四种，其中一一细分，还可以分成更多细小种类。

人物故事通常围绕某个历史人物或者神话人物展开情节，叙述他们的事迹和影响。这些人物通常是历史上曾经有过重大影响的著名人物，如秦始皇、郭守敬、鲁班、岳飞等真实存在的人物，或者是吕洞宾、观音菩萨、赛华佗、西王母等虚构的人物。

这些人物或是救死扶伤的神医，或是救人于危难的君子，或是奸诈虚伪的小人，其性格鲜明，人物形象突出。然而，不论好坏，民间故事的结局大部分是善有善报、恶有恶报，这体现了当时的人们是非分明，敬重善良、忠直的人，厌恶虚伪、奸佞、昏庸的人，渴望好人会有好报、恶人会得恶果的朴素愿望和道德观。

史事故事是以一定的历史事件为中心来展开故事情节的。这些故事往往围绕着一个特定的历史事件，分别从不同角度来叙述这个历史事件发生的原因、过程、结果，以此来表达人们对历史事件的评价。

如孟姜女哭长城故事中，孟姜女的悲剧其实就是秦始皇强迫千万百姓修筑长城，残暴无情所导致的。因此，人们用孟姜女哭倒长城来表达对修筑长城的百姓的同情，以及反抗暴政的思想和渴望皇帝贤明的愿望。

人文古迹故事是围绕某处自然山水、历史建筑、古代工程而创造的故事。这类故事通常用以解释某处古迹的名称、来历，或者曾经发生的影响。

如峨眉山上的佛光本来是一种特殊的自然景观，人们却在故事中将它塑造成普贤菩萨身上所带的光环。这不仅增加了峨眉山的神秘感，引来众多游客观赏，更表达了人们希望神明可以时时庇佑人间的美好愿景。

风俗故事通常是为了解释节日习俗、人生礼俗、游艺习俗来历的故事。中华民族是一个历史悠久的文明古国，千百年来人们在生活中形成了很多特有的风俗习惯。有些风俗习惯的来历随着时间的流逝已渐渐被大众遗忘，于是，人们就编造出一些故事，来重新诠释风俗习惯的来历。

如每年端午节，人们就会包粽子、划龙舟，在民间故事中，这一风俗习惯就与爱国诗人屈原有关。因为相传，屈原一心爱国，但最终亲眼看到故国腐败，心如死灰，所以投进了汨罗江。人们知道后，害怕江里的鱼会伤害屈原的肉体，就纷纷划着船，把糯米撒进江里。后来，这一风俗就演变成了包粽子和赛龙舟。

总之，无论哪种类型的民间故事，其本意都是叙述当时的社会现状，表情达意，寄托美好愿景，其意义十分深远。

五、中国四大民间传说

我国民间故事众多，其中以牛郎织女、孟姜女哭长城、梁山伯与祝英台、白蛇传这四个故事流传最广，因此又被人们称为"四大传说"。它们是植根于我国古代社会的四棵参天大树，长出的是民族文化的绿叶，结出的是中华民族勤劳与智慧的果实。

众所周知，我国民间四大传说为牛郎织女、孟姜女哭长城、梁山伯与祝英台和白蛇传。这四个民间故事不仅故事优美，情节曲折，而且讲述的都是我国古代农耕家庭或市民家庭的生活遭遇，就如同自己身边发生的事情。因此，这四个故事为很多老百姓所喜爱，并经常互相传诵。

我国自古是一个以农耕为主的国家，农业是国家的根本。古时在普通家庭中，农业取得丰收，钱粮有所结余，就会把子弟送入学堂，令其走上仕途。当然，由于封建国家征发兵役、徭役，不少男子还会被迫离开家乡，常年在外奔波。在此种环境下，人们创造了很多传奇故事。四大民间传说中，也都涉及了这些情节。

牛郎织女中表现的就是普通家庭的基本形态。他们男耕女织，牛郎本分、勤劳，织女美丽、贤惠，一双儿女也聪明可爱，这就是当时普通百姓最理想的家庭。然而，后来这个和谐美满的家庭，还是在天庭的势力下被迫分散，这反映的正是当时人们因为战争等各种情况，被迫与家人分离，不能一家团圆的真实状况。

　　孟姜女哭长城的故事，叙述的则是农耕家庭受挫的状态。孟姜女的丈夫范喜良被强征去修筑长城，孟姜女千里寻夫得到的却是丈夫的死讯。这个故事表达的是人们对专制国家残暴统治的抗议，以及对平安生活的强烈期望。而孟姜女以死为代价的结局，展现的是当时农业家庭在封建王朝的残暴统治下，最终毁灭的悲剧。

　　梁山伯与祝英台的故事展现的是农耕家庭的发展形态。当时农家的基本追求就是农耕有收获，钱粮有结余，自己的孩子能够外出求学，读书做官，成为官宦之家。不过，在此背景下，梁山伯和祝英台虽然满足了人们的求学愿望，但还是无法摆脱封建社会的束缚，因此才造成两人双双化成蝴蝶的悲剧。其实，这也是人们开始追求婚姻自由、渴望拥有美好爱情的象征。

　　在白蛇传中，许仙与白素贞的生活已经脱离了农耕生产，开始走上了商业经营的道路。他们二人虽然身份不同，但是共同经营着一家药铺，生活也过得非常美满。这一故事其实就是当时人们对城市生活的理解和感受，也是人们渴望摆脱封建束缚、追求自由生活的体现。

　　纵观四大传说，它们的主人公或是聪明机智，或是大胆勇敢，都具有与当时社会格格不入的叛逆形象。这些故事无疑都表现出人们因不满当时的社会生活而产生的对社会意识的抗议，以及对自由生活的向往。

第二章

传统
美德故事

一、勤奋、诚信，中华传统美德

中华民族拥有五千年的辉煌历史。我们的祖先用勤劳、诚信在历史长河中创造了这个灿烂文明的国家，也因此中华民族有了"礼仪之邦"的美称。我们应该把属于炎黄子孙的传统美德传承下去，让中华民族的光芒永远熠熠生辉！

勤奋、诚信是中华传统美德。古往今来，多少人用勤奋和诚信织就美丽人生，灿烂家园。无论是在求学的道路上，还是在职业生涯中，我们都要谨记勤奋、诚信这些做人准则。

首先，勤奋是成功的基础。只有勤奋，才能学业有成，事业鼎盛。

古今中外，许多仁人志士都将勤奋作为人生的信条。著名作家鲁迅曾经说过："时间就像海绵里的水，只要愿挤，总还是有的，我只不过是把别人喝咖啡的时间用在了学习上。"伟大的科学家爱因斯坦曾说过："成功等于百分之一的灵感加百分九十九的勤奋。"如果没有这些前人的勤奋，就不会有那么多的发明创造，人类就会永远停留在茹毛饮血的时代。

勤奋是立足的根本。古人有言："宝剑锋从磨砺出，梅花香自苦寒来。"只有勤奋刻苦，才能享受到甘甜的果实。古人勤奋读书，刻苦练习技艺，才有大文豪、能工巧匠的出现。而我们只有勤奋学习，刻苦钻研，才会有立足社会的底气，才有能力为科学技术发展、文化发展贡献自己的一分力量。

其次，诚信是立人之本。只有诚实守信，坦荡做人，才能赢得别人的信赖。

　　诚信是新时代人才最基本的做人准则。孟子曾说："车无辕而不行，人无信而不立。"在物质文明和精神文明高速发展的时代，社会越来越看重"诚信"二字。只有真诚地面对自己，诚实做人，诚实做事，才能获得更多的信任与尊重，才能在学业、职业中取得更大的成就。

　　诚信是一笔无形的财富。诚信交友，我们会收获一份真诚的友谊；诚信学习，我们会收获一份光彩的成绩；诚信就业，我们会收获一份受人尊重的工作……在成长的道路上，诚信就是一笔无穷无尽的财富，永远给我们带来惊喜和收获。

　　闻鸡起舞、悬梁刺股、立木为信、一诺千金……无数个古人故事告诉我们勤奋、诚信对个人、国家有多重要。这些传承了几千年的传统美德就像历史的镜子，一直照着我们的一言一行，告诉我们做人的标准。

　　青少年时期正是塑造人格、修养品德的重要时期，身为青少年的我们更要用好这面历史的镜子，用自己的行动实践勤奋、诚信这些中华传统美德，用自己的言行书写人生，把这面纯净、发光的镜子继续传承下去。

二、商鞅立木为信

战国时期有一个叫商鞅的人，他为了通过变法使秦国成为富裕强大的国家，想尽方法获取百姓的信任。然而，在那个战争频仍的年代，想要在百姓面前树立威信并不是一件易事。那么，商鞅最后是怎样树立威信、说服百姓的呢？带着这个疑问，我们一起回到战国时代探究一下吧！

战国时期，群雄争霸，中原各诸侯国之间经常爆发战争。当时的秦国在经济、军事等各方面都不如中原各诸侯国。直到秦孝公即位后，他重用贤能之才，慢慢开始改善秦国的状况，最终让秦国一跃成为七国之中的最强者。

这个时期有一个叫作商鞅的人，他深知要想让秦国变得更强大，就要积极变法。他认为只有改革户籍、军功爵位、土地制度、度量衡、民风民俗等各个方面，百姓才能遵守法纪，官员才能约束自己，国家才能越来越强盛。

但是，在全国推行变法并非易事。要变法，首先必须要在百姓中树立威信，让百姓相信并遵守国家的法令。想到这一点，商鞅开始寻找立信的方法。一番苦思后，他想出了一条妙计。

他让人在京城南门立了一根三丈长的木杆，然后发布告示，告诉百姓：谁能把这根木杆扛到北门，就赏他十两黄金。

这个举动引来了众多百姓，他们围在一起议论纷纷。很多人认为这是商鞅开的玩笑，肯定不是真的。如果有人把这根木杆扛到北门，可能不仅没有赏金，还会有性命之忧。这样一想，百姓纷纷后退，不敢前去尝试。

商鞅见百姓不信，没有一个人敢来做这件事情，就把赏金加倍。他告诉百姓，现在谁能把这根木杆扛到北门，就可以获得五十两赏金。

此话一出，城门下一片哗然。百姓交头接耳，都在猜测这到底是不是真的，甚至开始互相推搡，劝旁边的人去试试看。

过了一会儿，从人群中走出一个身材高大的人。他抱着试试看的态度，对商鞅说他可以试试把木杆扛到北门去。然后，他蹲下身子，扛起木杆，大步流星地向北门走去。围观的人们好奇结果，都紧紧跟在这个人的身后，想要一探究竟。

商鞅立木为信

那个人顺利到达北门之后，把木杆放在了北门。人们正准备看商鞅如何应答，商鞅却已经派人将五十两黄金送给了这个人。人们见此，纷纷惋惜自己没有尝试一下，而后又纷纷称赞商鞅是守信的人。

商鞅依靠自己的威信，成功折服了秦国的百姓。然后，他开始在秦国执行新的法度。在经济上，他主张重农抑商，奖励耕织，使农业有了很大的发展；在军事上，他制定了严酷的军法，收复了河西。在他的新法之下，秦国的实力得到了极大的增长。

三、张劭、范式交友重诚信

古人在交友时也很注重"诚信"二字，张劭和范式就是"诚信"的典范。他们两个人彼此诚信，只要许下诺言必定做到，其诚信的精神永远被人们歌颂。现在就让我们回到他们的时代，去看一看他们之间的故事吧！

古时，有这样两个人，一个叫作范式，字巨卿，山阳金乡[①]人，一个叫作张劭，字元伯，汝南[②]人。他们两个少年时同在太学[③]学习，后来，学业结束后，两人在分别时依依不舍。范式对张劭约定，两年后的立秋时节，他一定去张劭家里看望他。

两年后立秋当天，张劭催促母亲准备饭菜，等待接待范式。母亲却说："两年这么久，可能范式已经忘记这个约定了。"但是张劭却对范式的话深信不疑，坚持让母亲准备了精美的饭菜。

张劭的母亲说："分别两年，虽然约定的日期到了，但是你们相隔几百里，你怎么就确信他会如期赴约呢？"

张劭坚定地说："我相信巨卿的为人，他看重诚信，对朋友的承诺必定会做到，所以还是劳烦母亲准备饭菜吧！"

---

① 山阳金乡：今山东金乡县。

② 汝南：今河南省驻马店市上蔡县西南。

③ 太学：朝廷最高学府。

张劭的母亲见儿子如此坚持，没有办法，只好按照张劭的要求，早早准备好了饭菜，等待范式的到来。

中午时分，令张劭母亲没想到的是，范式真的风尘仆仆地赶来了。她看着范式，不禁感慨道："真是没想到，天下真的有这么讲信用的朋友啊！"随后，张劭一家立刻将范式请入家中，盛情招待。

张劭、范式交友重诚信

席间，张劭和范式两人把酒言欢，十分愉快。范式在张劭家待了几天，直到尽欢之后才告别离去。

后来，张劭得了重病。在临终前，他还依旧牵挂着范式。他对母亲说："我此生唯一的遗憾就是没有再见我的生死之交一面。"张劭的母亲忙问是谁，张劭微弱地回答道："巨卿……"不久，他就病逝了。

这时，远隔数百里的范式忽然梦见了张劭。他看到张劭戴着黑色的帽子，穿着袍子，仓促地对他说："巨卿，我将会在某天去世，某天埋葬，你如果还没有忘记我，为什么不来看看我呢？"

范式恍然惊醒，悲痛落泪。他立即穿上丧服，去张劭梦里说的埋葬地。可是，还没等范式赶到，张劭的棺材就要落地。神奇的是，无论抬棺的人怎么用力，棺材始终抬不起来。张劭的母亲哭着说道："孩儿啊，你是不是还有什么愿望没有了啊？"

正说着，范式骑着马到了。一下马，他便抱住张劭的棺材痛哭流涕。一场痛哭之后，人们把他拉开，接着举行葬礼。奇怪的是，这时人们轻而易举就把棺材抬了起来，放进土里。

张劭的母亲见此，对范式说："看来元伯心里的牵挂是你，只有你来了，他才肯入土为安啊！"范式感动至极，在坟前大哭，感念他和张劭的友谊。

后来，范式在张劭坟前住了一段时间，为张劭种植了几棵树木。等到树木存活下来，他才离去。

之后，人们敬佩张劭和范式之间的友谊，把他们当作交友的典范，以此来教育后人遵守诚信，真诚待人。

四、囊萤映雪

古代不像现代科技发达，夜晚没有电灯可以照明，甚至连油灯都是家境殷实的家庭才会使用的工具。那在比较贫穷的家庭里，人们又是怎么在漆黑的夜晚读书写字的呢？晋代有这样两个聪明的人，他们为了晚上可以读书，想出了两个办法。

晋代时期，家境贫寒的穷人连油灯都买不起。到了晚上，他们什么都看不见，只能躺在床上睡觉。然而，有一些喜爱读书的人并不想浪费宝贵的时间，他们为了能够读更多的书，想了很多在夜晚照明的方法。

其中，有一个叫作车胤的人。他从小好学不倦，喜爱读书，但是家境贫寒，没有良好的学习环境，他只能白天帮助父母务农，晚上看书。可是，他们家连油灯都买不起，天一黑就没有办法读书了。车胤为此十分苦恼，不知道晚上可以用什么照明来读书。

这天晚上，他正在院子里背诵文章，忽然发现许多萤火虫在低空飞舞，闪耀着星星点点的光芒。他心想，如果抓很多萤火虫放在袋子里，不就可以当作灯来使用了吗？这样就再也不用发愁晚上不能看书了。

于是，他找了一个白绢口袋，抓了很多萤火虫放在里面，再紧紧地扎住袋口，把口袋吊在房梁上。这样，微弱的"灯光"就照亮了书桌。虽然萤火虫的光不怎么明亮，但还是勉强可以用来照明读书的。

从此，只要有萤火虫，车胤就会抓来几十只，做成灯照亮书桌。就这样，他抓住一切可以读书的机会，每天刻苦读书，勤奋专研。后来，他终于有所成就，成为当朝的吏部尚书。

同样在晋代，还有一个和车胤一样聪明的人，这个人名叫孙康。孙康家境同样贫寒，夜晚买不起油灯照明。到了晚上，他只能早早睡觉，因此非常惋惜浪费了这么多时间。

这年冬天的一个夜晚，孙康从睡梦中醒来，忽然发现窗户透出白光。他立刻坐起来，透过窗户向外看去。原来，外面不知道什么时候下起了鹅毛大雪，满地的白雪反射出光亮。孙康突然想到，这些光亮正好可以照亮书籍，让他可以在夜晚读书呀。

想到此，他困意全无，立即穿好衣服，拿着书籍来到屋外。这时满地的白雪映出来的雪光格外明亮，比屋里亮很多。他不顾寒冷，一边搓着手，一边孜孜不倦地读着书。实在冷得不行的时候，他就站起来跑一会儿，然后接着读书。

从此，每逢下雪的日子，就是孙康最开心的时候，他每次都会拿出书籍，津津有味地在雪地上读书，丝毫不惧严寒。凭借着这种苦学的精神，他的学识日益增进。后来，他终于成了饱学之士，做了当朝的御史大夫。

第三章

爱国志士故事

一、保家卫国，培养爱国情怀

　　"五十六个星座，五十六枝花，五十六族兄弟姐妹是一家，五十六种语言汇成一句话，爱我中华，爱我中华，爱我中华……"当我们哼唱起这首歌的时候，心中的自豪感油然而生。祖国哺育了我们，爱护我们的民族，维护我们的国家，是每个人应尽的义务和责任！

　　我们经常把祖国比作母亲，因为她用江河的乳汁喂养了我们，用宽广的胸怀容纳了我们，除了"母亲"一词，无论用什么词汇都表达不出我们对祖国的深厚感情。

　　我们和祖国就像孩子和母亲一样，紧密相连、密不可分。我们热爱母亲，是因为母亲给了我们珍贵的生命；我们热爱家庭，是因为家庭给了我们避风的港湾；我们热爱祖国，是因为祖国给了我们更加幸福的生活。

　　没有祖国，我们就没有安栖之所；没有祖国，我们就没有和谐的社会；没有祖国，我们就没有安宁的家庭。总之，没有祖国，我们就没有所拥有的一切。因此，保家卫国是我们每个人的使命，只有保护好祖国，我们才能获得幸福生活。

　　在历史上，很多爱国志士正是因为把国家放在第一位，始终坚持保家卫国，报效祖国，才帮助我们坚守住了赖以生存的家园，开创了和平、康乐的社会。

　　正因为在他们心中，祖国与个人的命运息息相关，他们才会有无数的壮举：岳飞刺字，一心报效国家；苏武忍辱负重，不畏风雪，在异国牧羊几十载；班超投笔从戎，用智慧和勇敢连接中原和西域的通道；屈原沉江，一生以国为家，饱含爱国情怀……

循着历史的源头走到今天，我们就会发现，五千年的中国史就是一部壮烈的爱国史，每一位爱国志士都用最真挚的情怀、最炽热的梦想，一步步谱写着祖国的赞歌。这些中华儿女就像热爱自己、热爱家人一样，热爱着自己的国家。

鲁迅先生曾经说过："惟有民族魂是值得宝贵的，惟有它发扬起来，中国才有真正的进步。"身为祖国母亲的儿女，我们在母亲的身边茁壮成长，有义务用自身的力量保护我们的祖国，我们的"母亲"。

如今战争年代已经远去，但是我们依旧要铭记那些爱国志士的故事，学习他们的爱国主义精神，培养自己的爱国主义情怀。当祖国需要我们的时候，我们也要像无数爱国志士一样，勇敢地张开我们的双手，保护我们的祖国，保护我们赖以生存的家园。

二、苏武牧羊

西汉时期，有这样一位伟大的使臣：他不为权势折腰，宁受酷刑不为匈奴所用；他不畏艰难困苦，饮血嚼羊毛始终不向匈奴屈服；他不怕严寒凄苦，牧羊十九年不忘故国……

他就是我们现在要讲的主人公——苏武，西汉时期一位杰出的外交家、民族英雄。

西汉时期，中原地区的汉朝和西北少数民族政权匈奴的关系时好时坏。公元前100年，匈奴新单于即位，汉朝皇帝为了向匈奴表示友好，派苏武率领一百多人出使匈奴，送给匈奴许多财物示好。

苏武带领一百多人长途跋涉，到了匈奴国之后，将财物送给了匈奴单于，表达了汉朝皇帝想与匈奴交好的意思。然而，这时匈奴发生内乱，苏武等人因此受到了牵连，被单于扣留在匈奴境内，单于要求苏武背叛汉朝，臣服匈奴。

一开始，单于用高官厚禄利诱苏武，劝苏武投降，归顺匈奴。苏武不但不答应，反而拔刀向脖子抹去。单于大惊，立刻找大夫救治苏武。苏武醒来后，单于没有放弃，依旧派人劝说他，但是苏武始终不屈服，每次都果断拒绝。

单于见劝说没有用，就决定使用酷刑让苏武屈服。当时正值严冬，天空中飘着鹅毛大雪。单于将苏武关在一个露天的大地窖中，然后不给他水和食物，希望这样可以打败苏武，让苏武归顺匈奴。

然而，苏武拥有坚定的意志和惊人的毅力。他在地窖里受尽严寒也不屈服，渴了他就抓起一把雪吃，饿了就嚼身上穿的羊皮袄。就这样过了好几天，单于见苏武濒临死亡也不松口，无奈之下只好把苏武放了出来。

单于知道苏武软硬不吃，更加敬重苏武的气节，不忍心就这样杀害苏武，也不愿意把他放回汉朝。一番思索后，单于将苏武流放到北海①，让他去牧羊。苏武临行前，单于告诉苏武，什么时候公羊生了羊羔，他才会让苏武回到中原。

苏武牧羊

苏武被流放到北海之后，匈奴不给他食物，他就挖野菜，捉田鼠吃。他每天拿着使节牧羊，抱着使节睡觉，想着总有一天他会回到中原。就这样，十九年过去了，那根使节上的穗子已全部掉光了，苏武还坚守着自己的信念。

直到公元前87年，汉武帝逝世，汉昭帝即位后，派使者来到匈奴，要求单于放回苏武等人。单于不肯放回苏武，便谎称苏武已经死了。

使者不信，暗中探访到苏武还活着后，对单于说："我们皇上射下了一只大雁，大雁的脚上拴着一封苏武写的信，他说他在北海牧羊。"

单于一听，认为苏武的忠义已经感染了飞鸟，心中感慨万千，便让人放了苏武。苏武在匈奴受难十九年，回到汉朝后，人们看到他的白胡须、白头发，无一不感动，都称赞苏武是一位爱国英雄。

① 北海：今贝加尔湖。

三、班超投笔从戎

在历史上，父子都是名人、名将的有很多，东汉的班彪①、班固②、班超班氏三父子就名显其中。其中，班彪和班固在文学史上的成就有口皆碑。而班超虽然没有继承父亲和哥哥的衣钵，但是他在军事上的成就同样令人瞩目，受人称赞。

班超字仲生，扶风平陵人，是班彪的小儿子。他从小能言善辩，粗览历史典籍，为人不拘小节，胸中怀有远大志向。

公元63年，班超的哥哥班固前往都城洛阳任职校书郎，班超和母亲也和哥哥一起到了洛阳。当时，班固的薪水微薄，为了减轻哥哥的负担，班超主动帮助哥哥抄写文书。

在抄文书的过程中，班超博览群书，在书海中学到了很多前人的谋略和智慧。

这天，班超抄书抄累了，便把笔丢开，感叹道："男子汉大丈夫就应该像张骞那样，在万里之外建功立业，报效国家。"

周围人听了，都觉得好笑，纷纷嘲讽他："一个从来没有带过兵、打过仗的书生怎么加官晋爵？还是乖乖抄书吧！"

---

① 班彪：东汉著名学者，家世儒学，造诣颇深。
② 班固：东汉著名史学家、文学家，名著《汉书》的作者。

班超听了不以为然，他知道只要心存志向，不懈努力，终有一天会实现自己的理想。这时，恰逢朝廷出兵攻打匈奴。班超毅然投笔从戎，加入抗击匈奴的队列中。

公元 73 年，班超跟随大将军窦固①抗击匈奴。在战场上，班超有勇有谋，能够独当一面，还带兵攻下了伊吾。这场战争后，窦固对班超非常赏识，决定将出使西域的任务交给他。班固接到任务后，怀着满腔热血，带着三十六个人前往西域。

班超投笔从戎

到了鄯善国②之后，鄯善王亲自迎接了班超等人，并专门派人招待他们。最初，班超等人都觉得鄯善王热情好客，他们很容易就可以完成与鄯善国的盟约。

不料，几天后，鄯善王对他们的态度突然变得非常冷淡，大家都不知道发生了什么事情。班超思索良久后，认为应该是匈奴的使者也来到了鄯善国，鄯善王此时应该正在权衡利弊，不知道该选择哪个国家作为自己的盟国。

班超将他的想法说给众人听，众人听后大惊失色，不知道该怎么办。班超却冷静如常，他派人把鄯善国的接待人员找了过来，然后漫不经心地问接待人员："匈奴的使者都已经来了好几天了，他们现在住在哪里啊？"

接待人员一听，内心慌乱，认为班超什么都知道了，只好将匈奴使者所在的地方告诉了班超。班超知道后，立刻派人将接待人员软禁起来以免走漏消息，然后和众人商量对策。班超认为只有消灭了匈奴使者，鄯善王才能忌

---

① 窦固：东汉时期名将，大司空窦融之侄。

② 鄯善国：西域古国之一，国都扞泥城（今新疆若羌附近）。

惮汉朝，愿意和汉朝联合。众人考虑后，同意了班超的建议。于是，班超等人趁着夜色，找到匈奴使者的住所，把他们全部消灭了。

鄯善王知道这件事情后，害怕班超等人会对鄯善国不利，不敢有所行动。不料，班超却对鄯善王和颜悦色，并好言劝慰他归附汉朝。鄯善王这才放下心来，和汉朝订立了盟约。

班超就是凭借着这种谋略和勇气，出色地完成了出使西域的任务，让五十多个国家都顺利地归附汉朝，促进了民族融合，实现了自己的抱负和理想。

四、岳母刺字

说起岳飞，大家首先想到的就是"精忠报国"四个字。我们都知道岳飞骁勇善战、品格高尚，心中满怀爱国情怀。但是，你知道岳飞和"精忠报国"之间的联系吗？他为什么能成为精忠报国的代表呢？

宋金时期，金国灭掉辽国后，又趁机大举南侵，很快就占据宋朝都城汴梁（今河南开封），并掳走了皇帝宋钦宗和太上皇宋徽宗。

这时，河南汤阴县有一位名叫岳飞的热血青年，他看着家乡连遭战乱，百姓苦不堪言，整天忧国忧民，报国之情日益增长。

这天，岳飞的几个兄弟耐不住饥寒，竟到山中落草为寇，还劝岳飞加入他们。岳飞虽然从小家境贫寒，食不果腹，但是他在母亲的教育下，性格倔强，为人刚直。他不但不同意与昔日兄弟同谋，还好几次苦言相劝。

岳母知道这件事情后，把岳飞夫妇召到中堂。她对岳飞说："为娘知道你甘受清贫，不贪图富贵，心中很是欣慰。但是，我害怕我去世后，又有不肖之徒来引诱你。如果你一时失志，做出不忠不义之事，半世名声就毁于一旦了。所以我决定在你背上刺下'精忠报国'四个字，愿你做个忠臣，精忠报国，流芳百世，这样我就没有什么遗憾了。"

岳飞听完，二话不说，把自己的上衣脱掉，对岳母说："母亲说得有道理，孩儿愿意听从母亲的建议，现在就在孩儿背上刺字吧！"

岳母欣慰地看着岳飞，然后取过笔来，当场在岳飞的背上写了"精忠报国"四个字，然后用绣花针在岳飞背上开始刺字。刺到一半，岳母问道："孩儿，是不是很痛？"

岳飞答道："如果连这点疼痛都忍不了，又何谈精忠报国呢？母亲接着刺吧，孩儿不痛。"

岳母咬着牙刺完了所有的字，然后又用醋墨涂了一遍，保证这四个字可以永不褪色。完成后，岳飞起来，叩谢母亲的训子之恩。

不久，岳飞接到南宋皇帝赵构的圣旨，拜别母亲和妻子外出征战。在战场上，岳飞有勇有谋，严明律己，他带领的"岳家军"连金军都称赞"难以撼动"。此后，岳飞率领将士几次大败金兵，屡建战功。

岳飞意气风发，准备挥师北伐，彻底结束这场战争，恢复中原。然而，这时卖国贼秦桧[①]怂恿皇帝下了十二道金令把岳飞召回临安，诬陷他带兵谋反，要治他死罪。

审讯时，秦桧逼岳飞招供。岳飞脱下上衣，露出背上"精忠报国"四个大字，一身正气地站在秦桧面前，坚决不认罪。不料，贼人还是用莫须有的罪名在风波亭残害了岳飞。

岳母用自己的方式教育出了一位精忠报国的伟大民族英雄。虽然岳飞最后还是被奸臣所害，但是他不畏艰难困苦的精神，以及自强不息的精忠报国的情怀为历代人民所传诵，为后人所景仰、缅怀。

---

① 秦桧：南宋初年丞相、奸臣，属于主和派，极力贬斥抗金将士，阻止恢复中原，同时纳私党，斥逐异己，是中国历史上著名的奸臣之一。

第四章

能人异士
故事

一、各行各业的开创者

"新时代属于每一个人，每一个人都是新时代的见证者、开创者、建设者。"国家主席习近平在十三届全国人大一次会议闭幕会上这样说道。我们现在的祖国是先前无数开创者创造的智慧结晶，而祖国的未来更需要每一个人继承开创精神，继续为其建设添砖加瓦。

从茹毛饮血、以穴为居的原始社会，到现在的科技发达、高楼林立的新时代，中华民族经过五千年的变迁，发生了翻天覆地的变化。而这些改变都归功于从古至今各行各业的开创者。

最开始，人类和动物一样，都生存在丛林之中。那时的人们不明白房子的意义，只能在大自然里和动物互相竞争。直到有巢氏教会了人们修建房屋，人们才开始有一个稳定的安居之所。

后来，燧人氏发现了火种，人们认识了火这种东西，知道用火可以阻挡野兽侵扰，可以为部落带来光明。再后来，人们发现火不仅可以用来照明，还可以用来煮饭、烧水，此后火成了人们生活的必需品。

学会了煮饭，告别了茹毛饮血的时代，

人们又开始考虑制作衣服。从简单的树叶到华美的锦服，随着时代的变迁，智慧的先贤发明出各式各样的衣服。衣服的出现不仅帮助了人类抵御风寒，还一步步加速了历史的文明进展。

当人们终于过上了衣食无忧的生活之后，他们并没有因此止步，而是一直不停歇地探索着这个世界。从尝百草创制医药到创造汉字，从制定历法到制作家具……古人用勤劳的双手和智慧的头脑不断发明创造，更新换代。

"日月之行，若出其中。星汉灿烂，若出其里。"思今追昔，我们的一茶一饭、一桌一椅、一字一言都凝结着先贤的智慧。而时代没有终点，现在和将来，也正在或将会涌现更多的开创者，去创造和建设一个日新月异的美好未来。

"志之所趋，无远勿界；志之所向，无坚不入。"在这个崭新的时代，就让我们年轻一代的开创者，乘着浩荡东风，团结奋进，用勤劳、智慧共同建设一个更美好的祖国，一个更美好的世界，一个更美好的未来。

二、能工巧匠鲁班

我们现在所用的手工工具，比如锯、钻、曲尺、铲子、墨斗等，据说都是春秋时期一个名叫鲁班的工匠发明的。在历史记载中，鲁班生于一个工匠世家，是一个手艺高强的能工巧匠。至今，民间还流传着很多关于他发明创造的故事。

鲁班，春秋时期鲁国人，姬姓，公输氏，字依智，名班。鲁班生于工匠世家，从小就跟木头打交道。在家庭的长期影响之下，鲁班也渐渐成了有名的工匠，发明了很多工具。

相传，有一次国君让鲁班在十五天之内砍完三百根梁柱，用来修建宫殿。鲁班领命后，就带着徒弟上山伐木。然而，他们起早贪黑，砍了整整十天，结果只砍了一百多棵大树。眼看着距离交工的日期越来越近，大家都害怕完不成任务会被治罪，因此都非常担忧。

这天晚上，鲁班翻来覆去睡不着觉，便起来向山上走去。半途，鲁班觉得手被什么东西划了一下。他抬手一看，长满老茧的手被划出一道伤口，鲜血流了出来。他仔细观察了周围，发现原来是丝茅草割破了他的手指。

鲁班细细看去，发现丝茅草草叶边缘长着许多锋利的细齿。他看着丝茅草，心中想到了什么。就在这时，一只蝗虫跳到丝茅草上面，很快地吃着草叶。鲁班捉住蝗虫观察了一番，发现蝗虫的嘴上也有利齿。鲁班思索了一番，想出了更快砍伐木头的办法。

他用毛竹做了一条竹片，然后在上面刻了很多锯齿。接着，他用这个竹片去砍树，发现不一会儿就把树皮割破了。他心中大喜，又拿着竹片割了一会儿，树干就出现了一道深沟。鲁班想到竹片做成锯齿都这么厉害，那么铁皮做成锯齿岂不是事半功倍。

于是，他赶到山下，请铁匠按照自己做的竹片，打造出一块带有锯齿的铁条。随即，他把徒弟们都喊起来，用带有锯齿的铁片锯树。他让两个人拉着铁片来回用力，不一会儿就锯断了一棵大树。

按照这种方法，鲁班又制作了很多带有锯齿的铁片，然后用它们锯树。没几天，鲁班他们就完成了国君交给的任务。

鲁班不仅是能创造各种工具的能工巧匠，还是一位杰出的机械名家。

在春秋时期，战乱连年不休。每个国家都会修筑很高很厚的城墙，当其他国家攻打过来的时候，经常会被巨大的城墙拦住，无法攻克。

因此，国君就命令鲁班制造可以攻城的器械。鲁班想了很久，突然想到了自己盖房子时用过的梯子。他心想，如果制造一架很长的梯子，不就能爬上高高的城墙了吗？

带着这个想法，鲁班历经多日，创造出了"云梯"。这种梯子不仅能够在地上架起来，人还能在上面站着射箭。依靠这种"云梯"，人们就能轻而易举地攻上城墙。

据说，我们现代消防员使用的消防梯，就是从鲁班发明的云梯演变而来的。

三、蔡伦造纸

很久以前，文字是刻在甲骨上，或者写在竹简、丝绢上的。然而，这些载体有的很笨重，有的十分昂贵，书写文字很不方便。后来，人们就开始想办法发明出比较便宜又好用的载体来书写文字，这就是我们所说的纸。但最初使用的纸质地粗糙，直到东汉时期，有个叫蔡伦的人改进了这一技术。

在两千多年前的西汉时期，人们一开始使用竹简、丝绢等载体书写文字。后来，人们发现这些载体都不太方便，又开始使用比较便宜的植物纤维纸来书写文字。但是，这种纸非常粗糙，书写起来很不方便。

到了东汉时期，有个叫蔡伦的人，他见人们书写文字时非常不方便，便下定决心要找到一种实用的造纸方法。

一次，他在河边散步的时候，看到妇女洗蚕丝和抽蚕丝的过程。他发现，妇女把好的蚕丝抽走之后，剩下的破乱蚕丝会在席子上留下一层薄薄的丝绵。很多人把这层丝绵晒干用来糊窗户、包东西、写字。这就是丝绵纸。

蔡伦想到，蚕丝的确是写字的好载体，但是相对于普通人来说，这种丝绵纸的成本还是很高，如果长期使用，肯定没有多余的钱购买。那么，除此之外，就没有其他材料可以代替蚕丝了吗？

这天，宫廷里来了一位新的工匠，这个工匠是从出产蚕丝的江南来的。蔡伦知道后，找到这个工匠，问了他用蚕丝制作纸张的详细办法。工匠一五一十地将方法告诉他以后，蔡伦就天天动脑筋思考，能不能用其他便宜的东西来代替蚕丝制作纸张。

　　于是，蔡伦开始用其他的材料做试验。他找来树皮、麻叶、破布、破渔网等东西，把它们全部放到大锅里面，用水煮。等到锅里的水煮沸，他就把乱七八糟的东西都倒入大石臼中，然后用木棒用力捣碎。

　　等到石臼中的所有东西都被捣烂，变成浆状之后，他就把里面的杂质去掉，加入能够让浆变白的材料。然后，再把这层浆平铺在席子上。等到浆干了之后，蔡伦再将它撕下来。这样，蔡伦果然制作出了纸张。

　　蔡伦迫不及待地在新纸张上写上字，他发现这张纸比丝绵纸吸墨快，而且还不容易散开，非常好用。此后，全国各地都开始大量制造、使用这种纸。

　　直到现在，我们使用的宣纸、棉纸沿用的还是蔡伦制造纸张的方法，只不过现在我们用的原材料变成了竹子、木材等更好的材料。

四、郭守敬制历法

郭守敬是元朝著名的天文学家、数学家、水利工程专家，他在世期间编纂了很多著作，如《授时历》《推步》等，这些著作在中国乃至全世界都有着很大的影响。关于他的发明创造，民间也流传着很多故事。

郭守敬的祖父郭荣是一位颇有名望的学者。在祖父的教导下，他熟读五经，对天文学也有很多了解。加之他天资聪颖，从小就爱摆弄各种有趣的东西，周围的人都非常喜爱他。

在他十五岁那年，家里来了一位客人。这位客人是武安天宁寺的和尚，法号子聪（即后来的元代政治家刘秉忠）。子聪通晓天文、地理、算数、音律等多种学问，附近的人都认为他非常有学识。而他此次来访也是为了和郭守敬的祖父切磋学问。

郭守敬知道子聪和尚来访之后，兴奋异常。他深知子聪和尚博古通今，也想请教一二，于是便和祖父一起待客。

谈话间，子聪和尚拿出一幅莲花漏的拓片。他对郭守敬的祖父说，这是天生莲花漏，制作时使用的材料都采用的是莲花、莲蓬、莲叶的形状，所以叫作莲花漏。这种东西设计非常精巧，只可惜由于战乱已经失传很久了。他偶然在石碑上拓得这张图，但是却怎么也做不出来这种东西。

郭守敬听到他们的谈话后，对子聪和尚口中的莲花漏非常感兴趣。于是，他便央求子聪和尚把这张图交给他，让他研究研究。

半个月后，子聪和尚再次来到郭守敬家中。期间，郭守敬拿出这张图，将莲花漏各部分的结构和用途一一说给子聪和尚听。子聪和尚听完，惊奇不已，他认为郭守敬是一个神童，将来肯定有大造化。因此，他便请求郭守敬的祖父，让他带郭守敬去武安紫金山学经深造。

在子聪和尚的指点下，郭守敬学会了很多本领。后来，他还发明创造了宝山漏、大明殿灯漏、柜香漏等很多计时器。其中，大明殿灯漏是中国第一架与天文仪器相分离的独立计时器，对我国钟表的发展有着重大的意义。

在此基础之上，郭守敬编制了《授时历》这部著作。他推算出了一年应该为365.2425天，也就是365天5小时49分12秒。在当时，这个数字已经是世界上最精确的时间。可以说，郭守敬制作的历法在国际上有很大的影响。

不仅如此，郭守敬在水利方面也有着很大的贡献。在西夏治水时，他修复了长达四百余里的唐徕渠和长达二百五十余里的汉延渠，以及大大小小的渠道七十多条。后来，他还开凿了一条从通州直达京城的运河——惠通河，解决了粮食难以运输的问题。

郭守敬一生都在从事科学研究工作，而且他从不满足于前人的经验，经常大胆探索，极具创新精神。也正是因为他刻苦钻研、勤奋实干的精神，他在天文、历法、水利、数学等很多方面都取得了卓越的成就。

五、李时珍尝百草

李时珍，字东璧，湖广黄州府蕲州（今湖北蕲春县蕲州镇）人，明朝著名的医药学家。他所著的《本草纲目》吸收了历代本草著作的精华，是到 16 世纪为止中国最系统、最完整、最科学的一部著作。关于这本著作的编著，民间流传着这样一个故事。

李时珍出生在医学世家，他的爷爷和父亲都是蕲州当地的名医。他们不仅乐善好施，还经常免费给贫苦百姓看病。李时珍从小看他的爷爷和父亲救助百姓，因此对医学产生了浓厚的兴趣。

但是当时医生这个职业并不被人尊重，所以父亲不想让李时珍学医，而是让他去考科举。李时珍遵从父愿，十四岁就中了秀才。父亲因此对他的期许颇多，可是李时珍在后来的考试中却屡屡落选。

后来，李时珍无心仕途，一心钻研医学。父亲看他学医的意志非常坚定，便答应他从医了。李时珍在父亲的指导下，阅读了大量的医学书籍。在看病的过程中，他不断积累了大量医学经验。

公元 1551 年，因为李时珍医术高明，楚王将他召入王府。在王府任职期间，李时珍治好了很多疑难杂症。之后，朝廷又召李时珍做了太医。然而，李时珍在宫中并未得到重用，仅待了一年就辞官还乡了。

回到家乡后，他发现当时民间的医书记载的药材种类繁多，名称也繁多冗杂，错漏百出，甚至有时候明明是两种药物却被当作同一种药材。这就导致当时的医生一旦开错药，不但不能药到病除，反而还会害人性命。

这时的李时珍已经阅读了大量的医学典籍，又在宫中接触到了大量的药材，他就决定编修一本完整的本草书籍，供他人参考，这样就可以减少用药时的错误。做了这个决定后，李时珍就开始四处游历，进行实地考察。

游历过程中，李时珍不畏艰险，长途跋涉。有时为了更加清楚地知道一棵药草的药性，他就亲自以身试药。

一次，李时珍找到了一朵曼陀罗花。他不清楚曼陀罗的毒性，就多次分不同的量吃，然后再根据自己的经验解毒。多番尝试后，他了解了曼陀罗的药性，也研制出了解药。

就这样，他独自一人游历了二十七年。在此期间，他多次穿梭于深山老林、荒郊野岭之中，亲自尝试各种草药，考察书中记载的每种草药的药性是否真实。在考察的过程中，他为人谦逊，把所有为他解答疑惑的人都当作自己的老师，虚心求教。

公元 1578 年，李时珍在六十岁的时候终于完成了这部巨著。

公元 1593 年，七十五岁的李时珍逝世。他一辈子与医学打交道，救死扶伤，还留下了《本草纲目》这部惊世巨作，他的精神和贡献被后人所铭记，他的名声永垂青史。

第五章

仙人神奇故事

一、天马行空的幻想故事

古代民间，人们在封建统治者的压迫下，经常用幻想来应对生活的苦痛，用幻想来表达对美好生活的向往。在这种美好的幻想之下，人们创造了很多天马行空的神奇故事。在故事里，人们可以尽情惩罚无情的统治者，尽情享受自己编织的美好生活。这对于长期处于苦难中的人民来说，不失为一种苦中作乐的生活乐趣。

古代时期，人民群众利用丰富的想象力，将很多神奇的因素纳入民间故事的情节中，从而塑造了很多充满神话色彩的人物。在这些神奇故事中，善良的人民总会得到美满的结局，压迫人民的统治者总会受到应有的惩罚，人民可以一直过着幸福的生活。

其实，早在远古时期，人们就开始创造各种各样的神奇故事，例如女娲补天、后羿射日等，这些反映的都是当时人们对世界的认识，以及征服自然的渴望。

等到开始有规律的群居生活之后，人们的想象力变得更加丰富。那时的人们经常把自己生活中做不到的事情和达不到的愿望，融入神奇的故事当中。所以，那个时期的神奇故事中的人物，大部分都带有"超能力"，他们可以行踪不定、法力无边，无处不在又无所不能。

除此之外，神奇故事中的宝物更是数不胜数。诸如会飞的马、能凿山开渠的斧头、能腾云驾雾的神鞭等，都是人们在幻想中编织的神兵利器。

　　神话故事的情节也大多非常曲折，但往往主题都是化悲惨为幸福，从失败到胜利。这些一个又一个的曲折故事，就是人们渴望正义、抗拒邪恶的真实盼望，是人们对现实苦难的抗争和对美好生活的追求。

　　这些充满神奇色彩的故事大多产生于劳动生活中，因此在故事中很多关于劳动的情节经常出现。这种故事的主人公大多是普通的劳动者，他们正直、勇敢、智慧，敢于反抗剥削和压迫他们的统治者。这其实就是人们是非观的表现，在那些战乱频仍、动荡不安的年代，淳朴的人们永远怀有善念，相信正义必将到来。

　　正如我们现在所看到的一样，那些神奇故事里面充满浪漫气息的形象和情节，都是当时人们心中最真实的希望。他们把希望寄托于故事中无所不能的仙人身上，盼望仙人可以帮助他们惩戒恶人，实现理想。

天马行空

　　简而言之，这些天马行空的幻想故事，就像一颗颗珍贵的明珠，它们在战乱纷纷的年代，照亮了普通人民的梦想，一直在历史的长河中为人民指引方向，帮助人们远离压迫、战乱，过上真正的安定生活。

　　于我们而言，这些幻想故事就是一笔无形的财富。它向我们展示了古代时期的生活场景，贡献了先民丰富的想象力，是我们值得借鉴和传承的宝藏。

二、刘、阮遇仙

在浙江省绍兴市新昌县境内，有一座刘门山。那里烟雾缭绕，静谧安静。去到那里的人，会有一种穿越时空的感觉，就好像来到了传说中的仙界。其实，很久以前，在那里真的流传着一个关于仙境的故事。

相传，在东汉永平五年①，剡县②一个村庄中突发恶病，百姓整日被疾病缠身，痛苦不堪。大夫为百姓诊治后，告诉他们只有天台山的乌药才能治疗这种病。

村里的两个村民刘晨和阮肇知道后，便决定结伴到天台山去采药，解救得了病的村民。他们长途跋涉，走了很多天，也还是没找到天台山。

他们又走了一段路，发现山峰叠嶂，山外有山。这时，两人忽然发现山上有几棵桃树，他们又饥又渴，便摘了几个桃子来充饥。吃完后，他们来到一条小溪边喝水。之后，两人决定继续赶路。

走着走着，他们看到前面似乎有炊烟升起，两人怀疑前面山中可能有人家，就沿着小溪一直前行。不一会儿，他们看到有两个美丽的女子向他们走来。这两个女子看到他们，就笑着说："刘、阮二郎，你们为何来晚了？"

两人惊讶，心中疑惑这两个女子怎么像是认识他们一样。他们正要发问，

---

① 东汉永平五年：公元 62 年。

② 剡县：今嵊州与新昌。

两个女子便一边拉着他们一边说："快来，我们的家就在不远处。"

就这样，刘、阮两人跟随两女子来到家中。他们进入家门，看到房内摆设豪华，还有几个侍女站在旁边侍候，餐桌上还有牛肉、羊肉等各种菜肴和美酒。两个女子见两人一直站着，立刻热情地招待他们用餐。

他们本来就饥肠辘辘，就没有多推辞，坐下安心地吃了起来。身旁的几位侍女见此，开始唱歌、跳舞，为他们助兴。两人心中高兴，渐渐不再感到拘谨。

刘、阮遇仙

晚饭后，天色已晚。两人正要说明来意，侍女却把他们引入房中。只见刚才的两个女子换上鲜红的嫁衣，要与他们拜堂成亲。他们二人就这样稀里糊涂地与两个女子结为夫妻。从此，他们在此过上了幸福、甜蜜的生活。

一晃数十日过去了，他们想要回家，却被女子拦住。就这样过了半年，他们实在挂念双亲和村民们，便请求回家看看，说等到村民病愈再回来。两个女子无奈，只好把仙药给了他们，并给他们指明回家的路。

到了家乡之后，他们却怎么也找不到自己的村庄。四处打听之后，他们才知道现在已经到了晋太元八年①，距离他们离开已经过了三百多年。两人惊奇不已，猜测自己遇到了仙人。

于是，他们就又返回山中采药的地方，想要找到自己的妻子。但是，他们找了很久，也没有找到。

原来，那两个女子本是仙女。她们见刘、阮二人误入仙境，动了凡心，

---

① 晋太元八年：公元 388 年。

才与他们结为夫妻。然而，她们瞒着王母娘娘把仙药给了刘、阮二人，触犯
了天条，被王母娘娘变成了桃源洞边的两座山峰。

　　刘、阮二人久寻妻子不得，最终在山峰间盖房居住，等待着她们，直到
去世。

三、白马拖缰

在山西省东南部晋城市有一个著名景观——白马寺。这座寺庙所在的山又叫作司马山，相传司马懿封长平侯的时候，曾经登临这座山，所以得名司马山。后来，因为山顶修建了一座白马禅寺，所以更名为白马寺山。关于这个白马寺，民间还流传着一个神奇的故事。

相传很久以前，在泽州①有一个少年，这个少年家境贫寒，很小的时候父母就都去世了。他无法生存，只好去一个财主家里当奴仆。他每天都为财主上山拾柴，风雨无阻。然而，这个财主性情残暴，经常毒打少年，还时常不给少年饭吃。

一天，这个少年又上山拾柴。走到半路，突然下起雪来。少年想返回家中，但想到没拾到柴，财主肯定又会打他，于是，他不得不继续上山拾柴。花了一天的时间，他好不容易拾到满满一筐柴。

在回去的路上，他遇到一位老者向他要柴取暖。他看到老者受冻的样子，心中不忍，就冒着被打的风险，将柴给了老者。老者感激他的恩情，就从怀中取出一匹纸马送给他，并告诉他这是一匹神马，如果以后有什么要求，只需要找到千年谷草让马儿吃下，马儿就会显灵。

少年拿起纸马回到家，果然被财主毒打了一顿，并告诉他第二天拾不到

---

① 泽州：今陕西省晋城市。

两筐柴，就不能回来。第二天，少年出门，看到大雪封山，无法进山，不知道该怎么办。

这时，他突然想到老者送给他的纸马。他想着，如果像老者所说，找到千年谷草，也许就能帮助他解决危难。可是，千年谷草又在哪儿呢？他思索了一会儿，突然想到，山上的破庙中有一尊坏掉的千年古佛，这个佛像的骨架好像就是用谷草扎成的。

白马拖缰

于是，少年立刻来到寺院。他从佛像里面取出一些谷草，然后把谷草喂给纸马。只见纸马见了谷草，一口就把谷草吞进了肚子，然后摇头摆尾，变成了一匹雪白的骏马。少年骑着骏马，不一会儿就上了山。随即，白马为少年找到了很多柴，帮助少年放到了筐里。

少年骑着白马，把两筐柴都带了回来。财主看到这匹白马，听到少年说了白马的经历，一心想要抢夺这匹白马。

到了晚上，财主趁少年睡觉，叫了很多奴仆来偷白马。可是，他们刚靠近白马，就都被白马踢翻在地。

少年被声音惊醒，立刻跑了出去，骑上白马，竟然化成神仙，与白马一起腾空而去。而白马的马铃被财主扯落，变成了一块一摇就会响的马铃卵石。

后来，人们在这里修建了一座寺庙，叫作白马寺，并把寺庙前面的这块马铃卵石叫作"马铃石"。

四、观音菩萨的传说

说起观音菩萨，我们首先想到的就是相貌端庄慈祥、手持净瓶杨柳的观音形象。其实，观音菩萨最早是从印度起源的，并且还有很多化身，如鱼篮观音、施药观音、送子观音等。现在我们要说的就是送子观音的故事。

很久以前，在福建和江西的界山上有座小道观，里面住着一个道士。这个道士一心沉迷于炼长生不死丹药，希望自己可以长生不老。这天，他终于炼出了一颗长生不死药，但是还缺一百颗小孩的心做药引。

于是，他就去民间抓来了一百个小孩，把他们都关在道观的暗房里面，准备取这些孩子的心做药引。

到了夜晚，道士磨刀霍霍，准备取心。孩子们看到后，都开始大声哭喊。这时，观音菩萨正好路过这个地方。她听到孩子们的哭喊声，就来到道观门外查看。她打开慧眼，看到道观里面烛光惨淡，道士正一手拿刀，一手抓着一个孩子准备取心。

观音菩萨知道了道士的阴谋，就利用法术将长生不死药弹出屋外，吸引道士的注意力。道士一看仙丹没有了，慌忙放下小孩，去捡仙丹。不料，他刚碰到仙丹，就刮来一阵清风，仙丹被吹得无影无踪。

道士十分恼怒，又转头去找那一百个孩子。然而，他回到暗房发现，那一百个孩子也不见了。道士怒火攻心，一时间竟吐血身亡。

原来，这都是观音菩萨的计策。她趁道士捡仙丹的时候，把孩子们都放了出来，带到了当地的州官衙门里。观音菩萨提前了解到，这个州官贪赃枉法，并不是一个好官，便决定趁机整治一下他。

她把孩子放到这里后，隐身在衙门之中。只见州官看到这一百个孩子，贪财之心顿起。他命令衙役贴出告示：凡是丢了孩子的人，都可以到衙门来认领，一个孩子交十两雪花银。张贴完告示之后，州官就开心地回房睡觉去了。

观音菩萨

第二天早上，衙役匆匆找到州官。州官以为钱收上来了，急忙出来查看。然而，衙役却告诉他，他们昨天张贴的告示不知道被谁给改了，内容变成救了一百个孩子，谁家丢了孩子，赶紧来衙门认领。州官气急，赶紧让衙役把告示揭下来。

可是，无论衙役怎么使劲，告示就是揭不下来，一直在墙上粘着。州官急得团团转，不知道该用什么办法。

这时，又有一个衙役来报，说有一个青年女子，带着很多男男女女，把一百个孩子全部领走了。州官气坏了，叫嚷着要把这个青年女子抓回来。

衙役告诉他，那个青年女子说要想抓她，可以去南海普陀。州官心想，南海普陀是观音菩萨住的地方，难不成这个女子是观音菩萨变的。他想到自己之前做的恶事，生怕观音菩萨会找他算账。他越想越怕，身子一直抖个不停，最后竟然被活活吓死了。

周围的百姓知道这件事情后，都知道是观音菩萨把他们的孩子送了回来，便对着寺庙里的观音像不断叩拜。其他不能够生育儿女的夫妇听说后，也赶来作揖叩首，向观音菩萨乞求得子。

五、八仙过海

　　相传，天上有八个神通广大的神仙，他们本领非凡。一次，蓬莱仙岛的白云仙长请八位神仙共赏牡丹。八位神仙赴宴渡东海的时候，一时兴起，决定各凭本领过海，看谁先到蓬莱仙岛。不料，他们在渡海时，惹怒了东海龙王，引起了一场战争。

　　传说，有一年三月三，王母娘娘在天庭设蟠桃宴。天上的八位神仙铁拐李、汉钟离、吕洞宾、曹国舅、张果老、韩湘子、蓝采和还有何仙姑齐聚瑶池，为王母娘娘祝寿。宴席结束后，八仙结伴走出南天门。

　　一出南天门，一只黄鹤衔着一封信来到他们面前。他们见信才知道，原来蓬莱仙岛牡丹盛开，白云仙长请他们去蓬莱仙岛共赏牡丹。八仙心中欢喜，当即腾云驾雾，前去蓬莱。

　　走到东海的时候，八仙看到海面风平浪静，碧波万顷，顿时欢心，决定放弃腾云驾雾，用各自的法术渡海。

　　只见铁拐李把手中的铁拐放入大海，变成一艘黑铁小舟，然后乘坐小舟渡海。

　　汉钟离见此，也把手中的芭蕉扇甩落海面，变成一条宽大的芭蕉树叶船，跳了上去。

　　吕洞宾见两位神仙一个坐，一个卧，好不惬意，也不甘示弱，拔出他的青龙宝剑，丢在海面上。顷刻间，那青龙宝剑变成了一条青龙，驮着吕洞宾乘风破浪，驶向蓬莱。

曹国舅气定神闲，放下手中的云阳板，变成玲珑精美的檀香小船，乘船前行。

蓝采和抛出自己的花篮，大喊一声"大"，花篮就变成了一只花篮船，船上开满了朵朵鲜花，分外迷人。蓝采和得意地跳到船上，一边唱歌，一边驶向蓬莱。

韩湘子则把手中的玉箫投入大海，变成一只青竹筏。他踏上竹筏，仙衣飘飘，怡然自得。

何仙姑不紧不慢，把一片荷叶放在海里，念动仙语，把荷叶变成一只浮舟。然后，她手执荷花，立在浮舟中，踏浪向前。

张果老走在最后，他从衣袖中掏出一个纸驴，朝纸驴吹了一口仙气。纸驴霎时长高长大，撒着欢儿跑进海里。张果老骑上仙驴，也追上前去。

一时间，八仙的八件宝物横浮在海面，璀璨生辉，光芒直照到了龙王的水晶宫殿。龙太子被照得睁不开眼睛，便飞出海面查看。这一看不要紧，他看见何仙姑十分美貌，一时起了色心，把何仙姑掳到了海里。

其他七仙见此，立刻使出自己的法术，搅动东海。顿时，水晶宫殿被搅得天翻地覆。龙王不知情，带着兵将出海，和七仙打了起来。双方打得难解难分，东海也随之不停晃动。

这时，南海的观音菩萨到此，阻止了这场战争。她问七仙为何扰乱东海，七仙才说出龙太子掳走何仙姑的事情。龙王才知原来是龙太子无礼在先，便立刻让龙太子放了何仙姑。

然后，龙王为了惩罚龙太子，让龙太子变成了一艘大龙船，护送八仙去蓬莱。八仙见误会已解，便坐上大龙船，吹奏仙乐，朝蓬莱仙岛驶去。

第六章

人文古迹故事

一、民间故事里的人文古迹

神州大地，地域广袤，拥有无数秀美河山，桥廊阁楼，因此生出许多山水风景传说故事。这些美丽的传说不仅为大好河山增添了诗情画意，更赋予了河山风景无限魅力，在五千年文明中散发着耀眼的光芒。

在民间，流传着很多关于名胜古迹的传说。这些传说大多是围绕某处自然山水、历史建筑、古代工程而产生的。它们或是解释名胜古迹名称的来历，或者阐述名胜古迹的人文影响，其丰富多彩的情节、奇幻的人物形象，给名胜古迹增添了很多神奇的色彩。

在大自然中，存在很多造型奇特，或者拥有神奇景象的自然景观。这些景观的传说故事往往神秘而瑰丽，让人读完心向往之。

比如峨眉山金顶的佛光是一种奇特的自然景象，但是在民间故事中，这种佛光被解释成普贤菩萨的化身，是吉祥的象征。如此一来，很多人都慕名去峨眉山一观，想要得到吉祥的预兆。

再如河南信阳的鸡公山，因为山形像公鸡，所以被人们说成是天上的神鸡下凡。这种传奇故事在为鸡公山增添文化魅力的同时，也为自身增添了几分神秘的色彩。

历史建筑和工程的传说则是围绕一些留存至今的人工建造物，比如古城、古桥、古塔、古运河、古雕像等产生的一系列神奇传说。这些传说与历史文献不同，是采用民间故事的形式解读这些历史建筑和工程的。

比如众所周知的卢沟桥，现实意义上的卢沟桥最初建于金朝大定二十九年 ①，到清朝康熙年间毁于洪水，后在康熙三十七年 ② 重建。而在民间故事中，卢沟桥则是由一个贪财的摆渡人修建的。

虽然故事中的摆渡人修建的卢沟桥，并不是现实意义中的卢沟桥，但在那个时代，这个故事代表的是人们对正义的向往，以及对邪恶的厌恶，表达的是人们渴望正义，期盼善有善报、恶有恶报的朴素道德观。

再如闻名遐迩的黄鹤楼，相传始建于三国时期，高古雄浑，极富个性，古往今来，受到众多游客的青睐。

而在民间故事中，黄鹤楼被赋予了神奇色彩，被说成是一位仙人为答谢一个善良的老婆婆所变幻出来的。这一故事和卢沟桥传奇有着异曲同工之妙，其内容都是仙人帮助人们惩奸除恶，保护善良和正义。

由此可见，这些寄寓在名胜古迹中的传奇故事，不单单增添了名胜古迹的文化底蕴，更深刻地反映了当时的社会现状和人们的现实生活，寄予了古代人民对正义的殷切期盼，以及对美好生活的向往。

可以说，正是有了这些传奇故事，我们才更加了解名胜古迹，才更加懂得古代人民的心声，才会拥有更多的勇气和激情，去共同创建更加美好的未来。

---

① 金朝大定二十九年：公元 1189 年。

② 康熙三十七年：公元 1698 年。

二、峨眉山的金光

峨眉山是中国佛教四大名山之一，位于四川省峨眉山市西南。峨眉山金顶的佛光是一种神奇的自然景观，每年都有无数游客慕名而来，想要一览其风采。那么，这瑰丽、神秘、变幻莫测的佛光到底是从何而来的呢？在当地，流传着这样的传说。

传说东汉时期，峨眉山下住着一个叫作蒲公的人。他以采药为生，为人善良，经常用草药救治附近生病的百姓。一次偶然的机会，蒲公结识了附近宝掌寺的和尚宝掌。他们二人经常交往，感情日益深厚。

这天，蒲公采完药，想要去宝掌寺找宝掌和尚。半途，蒲公突然看到天空中一群人马脚踏五彩祥云，直往金顶方向飘去。其中有一人，骑着匹像鹿又像马的坐骑。于是他朝山顶追去。蒲公来到金顶，见舍身岩下云海翻卷，彩光万道，在五彩光环中，又有一人头上顶着五彩祥光，戴着束发紫金冠，身披黄锦袈裟，脚下踏着白玉莲台，骑着一头大象。

蒲公只觉得佛光万丈，一时看呆了。不一会儿，他想到此行的目的，赶紧向宝掌寺走去，想要把这个事情告诉宝掌。

到了宝掌寺，蒲公一五一十地将路上的见闻告诉了宝掌和尚。宝掌和尚听完，大喜，他告诉蒲公："哎呀，你说的正是普贤菩萨，我早就想见到他，让他指点佛法了。你赶紧带我去峨眉山山顶吧！"

于是，二人一起前往峨眉山。到了山顶，宝掌和尚看到一片大象的脚印，欣喜若狂。可是，当他望向山下的云海时，只能看到闪闪的金光，却看不到普贤菩萨的真身。

这时，蒲公却指着佛光说道："你看，那不是你说的普贤菩萨吗？"宝掌和尚顺着佛光看去，却什么也没有看见。蒲公不解，问宝掌和尚这是为何。

峨眉山的金光

宝掌和尚思索了一会儿，说道："你每天采药救人，帮助了很多人，所以感动了普贤菩萨，他才对你现出了真身。而我做的好事还不够多，因此只能看见菩萨头上的宝光，却没有办法看到他的真身。"

蒲公说道："但行好事，莫问前程。总有一天，你也能看到普贤菩萨的真身的。"宝掌和尚点点头，二人一起下山去了。

后来，人们就把峨眉山上的佛光当作一种吉祥的象征，认为如果有人能看到佛光，以后就会有福报。久而久之，人们把这种祥光称为"金顶祥光"，把它当作一种美好的祝愿。

三、鸡公山的故事

河南省信阳市南边有一座鸡公山，这座山海拔784米，挺拔高峻，在群山之中就像一只傲立的大公鸡。而传说中，鸡公山与公鸡真的有一定的渊源，传说它原是天上的神鸡，因为触犯了天条被贬下凡间，幻化成了一座山。

相传，天上本来有一只神鸡。这只神鸡住在天庭的司晨宫，每天天明负责打鸣报晓。它十分勤勉，每天都按时打鸣报晓，从来没有耽误过一天。不仅如此，神鸡性子非常耿直，经常打抱不平，管其他神仙的闲事。

这天，玉皇大帝昭告众仙，他要再纳一个妃子。神鸡听了，非常生气。玉皇大帝早就规定，神界不能婚配，但是他却打破规矩，和西王母结为夫妇。神鸡早就为此事耿耿于怀，想要规劝玉皇大帝，但碍于其权威一直没说出口。但是，玉皇大帝竟然一再违规，又想纳妃，神鸡因此很不满。

这天，它找到玉皇大帝，好心规劝，想让玉皇大帝收回成命，打消纳妃的想法。可是，不管它怎么相劝，玉皇大帝始终不肯听它的进言。不仅如此，玉皇大帝还嫌神鸡太聒噪，把它赶了出去。

神鸡见玉皇大帝不肯听，只能向其他神仙哭诉。玉皇大帝知道后，十分恼怒，他派太上老君去训斥神鸡。然而，神鸡坚持认死理，不服太上老君的说教。玉皇大帝无法，便让太上老君炼出一种丹药，让神鸡不能说话。

神鸡吃了仙丹之后，喉咙里就像一直卡着一个东西，吐不出来也咽不下去，说话非常吃力。但尽管这样，神鸡还是天天伸长脖子，用尽全身的力气鸣叫，反对玉皇大帝纳妃的事情。

玉皇大帝恼火，就让司酒仙官诬告神鸡偷吃酿酒的仙米。司酒仙官照做，但是神鸡坚持不承认，还一直说玉皇大帝派司酒仙官诬陷它。

于是，玉皇大帝就让镇殿将军将神鸡的嗉子割开，然后私下命令司酒仙官将仙米放到里面。当镇殿将军割开神鸡的嗉子后，众仙都看到了里面的食物中掺杂了一些仙米。这次，玉皇大帝有了"铁证"，便当着众仙的面，把神鸡贬到了凡间。

神鸡被贬下凡间后，幻化成了一座山。这座山的外观就像一只公鸡头，于是人们就把这座山称为"鸡公山"。

鸡公山

四、黄鹤楼的传说

黄鹤楼位于湖北省武汉市长江南岸的蛇山峰岭之上，享有"天下江山第一楼"和"天下绝景"的美称，与古琴台、晴川阁并称"武汉三大名胜"。关于黄鹤楼的由来，民间流传着这样一个神奇的故事。

很久以前，黄鹤楼所在的地方只是一个很小的小茶摊，一个穷苦的老婆婆在此以卖茶水为生。老婆婆心地善良，附近的人们都喜欢到她的茶摊歇脚、喝茶。

这天早上，老婆婆看到一个道士昏倒在路边，连忙让人帮忙，把他扶到茶摊上，并给他沏了一杯热茶。道士说，他已经三天没吃东西了，没钱买茶。老婆婆笑着告诉他，这杯茶是送给他的。然后，老婆婆又自己花钱买了几个烧饼给道士吃。

道士喝了茶，吃了烧饼，告诉老婆婆好心一定会有好报。接着，他用手一指，把小茶摊变成了一座茶楼，又在茶楼的墙上画了一只黄鹤。他说："这是我报答您的，您只要拍三下手，黄鹤就会下来跳舞。"说完就不见了。

从此，这座茶楼的生意越来越红火。人们在茶楼里面一边喝茶，一边看黄鹤跳舞，都非常高兴。

附近的一个财主知道这件事情后，起了歹心，想要把老婆婆的黄鹤抢走。于是，他就带了一堆人去茶楼。到了茶楼，他对老婆婆说："我们家丢了一只黄鹤，听说跑到你这里来了，今天我就要把黄鹤带回去。"

老婆婆笑着指向墙壁，说道："黄鹤就在墙上，你有本事的话就把它拿走吧！"财主往墙壁上一看，果真如此，顿时羞愧不已，带着人连忙逃走了。茶楼里的客人哄堂大笑，都嘲讽财主贪财。

然而，故事到这里并没有结束。当地的县太爷知道这件事情后，一心想要把黄鹤带走，献给皇帝，以此升官发财。

于是，县太爷就带着人去了茶楼。他看到黄鹤正在大堂上翩然起舞，立刻吩咐人去抓黄鹤。不料，黄鹤看到有人扑过来，立刻飞到墙上，变成了壁画。县太爷气急败坏，让人连墙带画一起挖了下来。

之后，县太爷为了把黄鹤请下来，又是烧香拜佛，又是火烧水淹，各种计策都用了一遍，可是黄鹤一直在墙上完好如初地待着。县太爷一气之下，命人把墙壁砸烂。

黄鹤楼

这时，黄鹤突然从墙上飞了下来。县太爷心喜，连忙抱住黄鹤的腿，想要抓住黄鹤。黄鹤却带着县太爷飞了起来，飞到长江上空，把县太爷丢了下去。然后，黄鹤又飞回茶楼，把老婆婆载到一个很远的地方。

此后，人们就在茶楼的原地建起了一座楼，并将它命名为"黄鹤楼"，以此来纪念卖茶的老婆婆和仙鹤。

五、西湖望仙桥

望仙桥是一座桥的名字，我国很多地方比如成都、上海，都有望仙桥。现在我们要说的是杭州西湖上的望仙桥。这座桥的由来是什么？它又有什么样的故事呢？别急，让我们一起去看看吧！

很久以前，杭州鼓楼附近有一座无名的小石桥，桥边有一个专门治疗烂疮脓疱的大夫。这个大夫生得宽额头，大嘴巴，络腮胡须，一脚高一脚低，非常丑陋。他在桥边撑了一顶大伞，白天就在伞下行医，晚上就在伞下睡觉。

刚开始，人们看他长得丑陋，都不相信他可以治病。后来，有一个烂脚的人，治了三年都没有好，就来他这儿碰碰运气。没想到，这个大夫给了病人一种膏药，三天就把病人的脚治好了。

这个消息传开后，很多人都来他这里治病。这个大夫就靠着自己的各种膏药，治好了很多人。没过多久，他的名气就轰动了杭州城。大家都叫他"赛华佗"，并且经常来他这里治病。

但是，赛华佗有了名气之后，杭州其他的大夫和药铺老板的生意却越来越惨淡。这样过了几个月，这些大夫和药铺老板气不过，便一起商量着要把赛华佗赶走。他们凑了一千两银子送给当地知府，让知府把赛华佗赶出杭州。

知府收了贿赂，便让衙役把赛华佗抓到公堂之上。赛华佗见了知府大人，既不下跪，也不好好答话。知府借着这个由头，便把赛华佗关进大牢，准备处死他。

令人没想到的是，赛华佗刚进大牢，知府的背就开始痒。他让下人一看，背上长了一个小疙瘩。这个疙瘩越抓越大，越抓越痒，最后变成了一个疔疮，疼得知府在床上打滚。

西湖望仙桥

师爷知道后，告诉知府，听说赛华佗最擅长治疗疔疮，不如先让他治疗一下，等病好了再把他杀了。知府听了，别无他法，只好把赛华佗请过来。

赛华佗看了之后，给了知府一贴膏药，说过两天就能好。谁知，过了一夜，知府的疔疮不但没有好，反而越来越严重。知府立刻派人把赛华佗叫过来，问他怎么回事。

赛华佗看了一眼，对知府说："你的疔疮口子小，里面大，是无药可救的。这都是你平时不做好事、不讲良心的后果。"

知府大怒，想要站起来给赛华佗治罪。然而，还没等他站起来，就因为疼痛难忍，断了气。师爷见此，连忙派人把赛华佗抓起来，押到刑场斩首。

到了刑场上，刽子手刚要行刑，赛华佗突然挣脱了衙役的束缚，跑到他治病的桥上，一纵身跳了下去。只听见"扑通"一声，河面上水花四溅。不一会儿，忽然从河里冒起一股青烟，赛华佗的身影飞到空中，随着青烟一直飘到了天上。

人们这才知道，原来赛华佗是天上的神仙。后来，大家经常到这座小石桥上张望，盼望赛华佗可以回来给大家治病。时间久了，人们就把这座桥称为"望仙桥"。

六、卢沟桥的传说

卢沟桥，又叫作芦沟桥，位于北京市丰台区永定河上，是北京市现存最古老的石造联拱桥。因为它横跨金代的卢沟河，也就是现在的永定河，所以称为"卢沟桥"。不过，在古代的民间故事中，还有另一个关于卢沟桥名称的传说。

相传，卢沟桥所在的地方本来没有桥，人们要过河的时候，只能在摆渡口等来往的渡船。久而久之，渡河的摆渡人生意慢慢发展起来，从一两家变成了十多家。镇上有一个姓田的人看到摆渡的生意好，也跟着买了一条渡船，做起摆渡的生意。

这天，镇上一个姓卢的商人路过此地。他想回到镇上的老家探亲，便收拾行李盘缠来到摆渡口。正巧，他遇上了姓田的摆渡人，商量好价钱后，就上了船。

这个姓卢的商人多年没有回家，急于见到自己的妻儿，便一路不停地催促姓田的摆渡人快点划船。姓田的见商人携带的财物不少，顿时起了歹心，故意慢悠悠地划船。那时的永定河水流湍急，姓田的把船划到河心后，船摇晃得非常厉害。

姓田的觉得这正是一个好时机，便趁着河流湍急，三摇两晃把姓卢的商人给晃到了水里。然后，他拿了卢姓商人的所有财物，卖掉了自己的船，用这笔钱开始做买卖。

几年后，他的妻子给他生了一个儿子。这个孩子聪明伶俐，非常招人喜爱。但是，到了五岁的时候，这个孩子突然像变了一个人一样，每天都要打姓田的六个巴掌，一边打一边还说道："天也大，地也大，你贪财把人推下河，伤人性命，我不打你长不大。"

这个摆渡人以为孩子是那个商人托生的，从此每天都担惊受怕，天天做噩梦。没过多久，摆渡人就消瘦了一大圈。他的妻子见此，没有办法，只好带着摆渡人去庙里找老和尚求救。

卢沟桥

老和尚见到他们后，神秘地对摆渡人说："我早就知道你会来找我，其实破解这个问题的方法很简单，只要你拿出所有的财物，在渡河上修建一座桥，你的儿子就不会再打你了。"

摆渡人听了之后，立刻拿出所有的财物，请了很多工匠，用了三个月的时间，修建了一座桥。老和尚对他说："这座桥其实是你还当年那个商人的债，所以就叫卢沟桥吧！"

原来，这个孩子并非商人托生，而是老和尚教孩子做的。因为这个老和尚就住在河边，当时他亲眼看到摆渡人害死商人，拿了商人的财物。后来，老和尚知道这个孩子是摆渡人的孩子，就教孩子这样做，以此来教训摆渡人。

不过，这个姓田的摆渡人修建的桥是一座小卢沟桥，并不是现在的这座卢沟桥。

第七章

情感寄托
故事

一、美好的爱情故事

　　爱情是一个永恒的话题，从古至今都被人们向往和追求。然而，在古代的封建社会，恋人们在门第和制度的压迫下，失去了自由恋爱的权利。在这种条件下，人们只好把对爱情的渴望和向往融入故事中，以此表达对爱情的渴求，对自由的盼望。

　　新时代下，人们婚姻自由，可以自主选择伴侣，追求爱情。然而，在封建统治下的古代人民，一生却被圈于残酷的制度，以及森严的门第之中，不能得到解脱，只能听从统治者和父母的安排，将自己的一生交给素不相识的人。

　　在这种压迫之下，人们没有反抗的能力，只能把内心的渴望编织成美丽的爱情故事，用这些故事来表达自己的思想。这些故事无论是在古代，还是在现代，都具有深远的意义和作用。

　　首先，民间爱情故事反映了古代人民的社会生活。在诸多才子佳人的故事中，人物的家庭介绍大多表现了当时的社会状况。

　　如陆游和唐婉缠绵悱恻的爱情故事，让我们了解到南宋的社会风气。唐婉温婉柔顺，却因为多年无子而被陆游的母亲驱逐，这反映的就是当时可悲的封建制度。

　　当时女子的社会地位很低下，在婚姻中，如果犯了"不顺父母①；无子；淫；

————————

① 父母：此处指公婆。

妒；有恶疾；多言；窃盗"七条中的任意一条罪过，都随时可能被丈夫休弃。

其次，民间爱情故事展现了门阀等级制度对青年男女爱情的摧残。在古代，人们的门阀观念深重，婚姻受到社会环境和社会制度的制约。在当时，只有同一等级的人才能结婚，良贱之间的婚姻是被禁止的。

如梁山伯与祝英台就是典型的反映门第观念的爱情故事。梁山伯和祝英台明明心心相印，但是却因为门不当、户不对，被生生拆散，祝英台还被迫与门当户对的马文才通婚，这就说明当时爱情的不平等。

最后，民间爱情故事表现了人们反抗封建制度、追求爱情自由的精神。在封建统治之下，人们的一言一行都被封建世俗所掌控，不能自由追求爱情，但是人们的思想却不被控制。在人们的内心深处，依旧渴望自由的爱情和自由的生活。因此他们创造了白蛇传、牛郎织女、梁山伯与祝英台等诸多爱情故事，用这些故事表达自己的真正思想和愿望。在这些故事中，真心相爱的男女最后总会打破枷锁，永远生活在一起。美好的故事结局正是当时人们的真实期盼，代表着人们渴望追求自由的思想。

也正是因为这些故事的出现，才让人们有了反抗封建制度的勇气，逐渐尝试打破世俗的枷锁，去追求自由的生活。就这样，人们一步步从压迫中逃脱，不断地亲身探索，寻找向往中的美好生活，最终创造出越来越文明、平等的世界。

二、牛郎织女

夜晚，美丽的天空中有两颗格外明亮的星星，这两颗星星一个叫作牵牛星，一个叫作织女星。它们分别在银河的两端，就像两个人在互相遥望。在民间传说中，有一个关于这两颗星星的美丽故事。

相传，天上有一颗织女星和一颗牵牛星。织女星是王母娘娘的孙女，牵牛星是天上的神仙。原来，他们离得很近，并且彼此心心相印。可是，当时的天条不允许神仙相恋，王母就把牵牛贬下凡间，并命令织女每天在天上织锦。

这天，几个仙女前去凡间的碧莲池玩耍，便恳求王母让织女一同前往。恰好，王母的心情很好，便应允了仙女们的请求。她们一起下到凡间，在碧莲池里洗澡。

这时，被贬下凡间的牵牛变成普通农家的少年，叫作牛郎，他的父母很早就去世了，只留给他一头老牛和一辆破车。牛郎就和老牛相依为命，以耕田种地为生。

这天，老牛突然开口说话了。它告诉牛郎，他本是天上的牵牛星，因为和织女相恋，被贬下凡间，现在织女即将和其他仙女去碧莲池，让他赶紧去碧莲池里把织女的红色仙衣藏起来，这样他就又可以和织女在一起了。

牛郎听了很震惊，但是他还是按照老牛的说法去做了。他提前来到碧莲池，悄悄地躲在芦苇草丛中，等待仙女的来临。

不一会儿，织女和其他仙女果然翩然赶来。她们见到碧波荡漾的池水，就把衣服脱了下来，在池水中沐浴。牛郎连忙从芦苇中跑出来，拿走了织女的红色仙衣。

仙女们见有人来，立即穿好衣服，变成仙鸟飞走了。只有织女没有衣服，不知道该怎么办。这时，牛郎走出来，告诉她老牛说的话。织女定睛一看，眼前的男子果然是自己日思夜想的牵牛，就和牛郎一起回了家。

他们结婚之后，男耕女织，十分恩爱。两年后，他们又生了两个孩子，一男一女，非常可爱。他们一家四口幸福地生活着，以为可以永远在一起。

然而，王母娘娘知道这件事情后，勃然大怒，她立刻派天兵天将捉拿织女。

牛郎织女

这天，织女正在做饭，就被天兵天将带走了。牛郎眼看着织女越来越远，不知道怎么办。这时，老牛跑过来，告诉牛郎，把它的牛皮揭下来，披在身上就可以飞到天上。牛郎不忍心，但又不想让织女离去，只好忍痛揭下牛皮披在身上，然后用筐挑着一双儿女去追赶织女。

眼看着，牛郎和织女越来越近，即将团聚。王母却在天上拔下金簪，从他们中间划过，霎时一条天河隔断了他们。

织女悲痛万分，一直呼喊牛郎和孩子的名字。牛郎和孩子也哭得死去活来，一直呼喊织女。一时间，天上的神仙都被这段坚贞的爱情打动了，请求王母开恩。王母有心赦免他们，但碍于面子，不好反悔，只好答应他们每年七月七日，可以相会一次。

从此，每到七月七日那天，就会有无数的喜鹊在银河上搭起一座鹊桥。

织女和牛郎就会踏上鹊桥，在桥上相会。

后来，人们为了纪念这段坚贞的爱情，就把七月七日定为七夕。到了那天，人们还会在葡萄架下守望，因为据说在葡萄架下可以听到织女和牛郎说话。

三、孟姜女哭长城

如今，我们看到长城都会感叹古代人民的智慧和勤劳。不过，相传修建长城时，很多人都死在工地上，尸骨被埋进了长城里面。还有故事称，曾经有一个女子为了寻找丈夫的尸骨，生生哭倒了八百里长城。这个女子就是这个故事的主人公——孟姜女。

秦朝时期，有一个名叫孟姜女的女子，她生性善良，心灵手巧，附近的人都喜欢她。

一天，她正在葡萄架下给葡萄浇水。忽然，一个灰头土脸的男子闯了进来。孟姜女刚要叫喊，这个男子连连摆手，将自己的身世娓娓道来。

原来，当时的皇帝秦始皇，到处抓壮丁去修建长城。而这个男子名叫范喜良，他的家中只有他和老母亲。官府的人将他抓去修长城之后，他挂念自己的母亲，便趁官兵不注意，从长城逃了回来。情急之下，他才跑进了孟家。

孟姜女一家见范喜良是个孝顺之人，又肯吃苦，便答应帮助他逃避官兵抓捕。过了一段时日，范喜良见风波过去，就告辞回家。这时，范喜良和孟姜女已经互生情意。范喜良便告诉孟姜女，他会回家禀告母亲，然后带了聘礼来迎娶孟姜女。

三天之后，范喜良果然带了聘礼来求娶孟姜女。孟家见范喜良忠善，便答应了他的请求。几天后，他们顺利结为夫妻。

这天正是他们成婚的日子，他们办了一整天的酒席，到了傍晚，才把所有宾客送走。正当两人准备回房时，官兵突然闯了进来，二话不说把范喜良抓走了。

自此，孟姜女茶饭不思，整天担心范喜良。转眼，冬天来临，大雪纷飞。孟姜女担心丈夫没有棉衣过冬，便亲手缝制了冬衣，打算给丈夫送去。

几天后，孟姜女带着缝好的冬衣，千里迢迢去长城寻找丈夫。一路上，孟姜女不知饥渴、劳累，昼夜赶路。终于，这一日到达了长城脚下。

孟姜女哭长城

可是，长城下的民夫数以万计，孟姜女寻觅很久也没有找到丈夫的身影。多番打听后，一个好心的民夫告诉她，她的丈夫已经死去，被埋在长城里筑墙了。孟姜女一听，肝肠寸断。她在好心的民夫的带领下，来到范喜良被埋葬的那一段长城，开始昼夜痛哭。

这一哭惊天动地，白云为此停步，百鸟为此噤声。直哭了十天十夜，忽然一声巨响，一时间地动山摇，飞沙走石，长城竟然被孟姜女哭断了八百里，范喜良的尸骨因此露了出来。

官兵震惊，将此事告诉了秦始皇。秦始皇吃惊，让人把孟姜女带到宫廷。见到孟姜女之后，秦始皇色心顿起，想要纳孟姜女为妃。

孟姜女看穿了秦始皇的心思，心生一计，她告诉秦始皇，想纳她为妃子，必须答应他三件事情：一是造一座十里长桥；二是造一座十里坟墩当作范喜良的坟墓；三是秦始皇披麻戴孝到范喜良坟前祭奠。

秦始皇答应了孟姜女的请求，他修建好长桥和坟墓后，便披麻戴孝走过长桥，来到范喜良坟前祭奠。孟姜女见心事已了，转身带着范喜良的骨灰跳入大海中。一时间，海浪滚滚，似乎在为孟姜女悲叹。

后来，人们就用孟姜女来形容贞烈女子，用孟姜女哭长城的故事象征忠贞不贰的爱情。

四、梁山伯与祝英台

古往今来，人们经常用蝴蝶象征美好的爱情。其实，这种说法是有一定缘故的。在民间故事中，有一对相爱的男女，他们因为门第不同，不能在一起，后来死后变成了两只蝴蝶，永远在一起飞翔，这就是蝴蝶象征爱情的来历。

古时候，有一个叫作祝家庄的村庄。村庄里的祝员外有一个小女儿，叫作祝英台。祝英台从小识字读书，向往可以像男儿一样求学，学到更多知识。

等到她十六岁的时候，便把这个想法告诉了父亲，想要女扮男装求学。父亲一听，当然不答应她的请求，便把她关在家中，不让她出门。可是，求学心切的她却不顾一切，私自带着丫鬟逃出家中，去万松书院求学。

半途，她碰到了同去万松学院读书的书生梁山伯。她和梁山伯相谈人生，二人志向相同，兴趣相投，便决定结拜为兄弟。

他们折下亭边的柳枝，插在地上当作香烛，梁山伯为哥哥，祝英台为弟弟，互相对拜了八拜，又一起拜了天地。两人约定从此同生共死，像亲兄弟一样互助互爱。

到了万松书院后，他们同窗共读，每天一起读书写字，谈论诗文，感情日渐深厚。祝英台病了，梁山伯就为她端茶送水，亲自熬药；梁山伯的衣服破了，祝英台就一针一线为他缝补。

转眼，三年过去了。祝英台收到父亲的家书，信中写道她的母亲病重，让她赶紧回家。祝英台着急万分，急忙收拾行李，准备回家。临行前，她想起梁山伯，便把自己是女儿身的事情告诉了师母，然后把身上随身携带的玉佩给了师母，让她转交给梁山伯，告诉他这是定情之物。

梁山伯知道后，急忙带着玉佩去祝家庄寻祝英台。不料，这一切都是祝英台父亲的计谋。他将祝英台哄骗回家，是为了将祝英台许配给当地太守的儿子马文才。祝英台不答应父亲的请求，被父亲关在了阁楼之上。

梁山伯带着玉佩去见祝英台的父亲，请求将祝英台许配给他。祝英台的父亲则以祝英台婚事已定为由，将梁山伯赶了出去。

临走前，梁山伯在墙外，祝英台在阁楼上，两人相望无言，只有泪两行。

梁山伯回到客栈，夜不能寐，茶饭不思，没过多久，便病死了。客栈的老板可怜他痴情，便把他埋在了路边的荒郊，为他造了一座土坟。

祝英台知道后，心如死灰。等到她出嫁的那天，她故意让花轿经过梁山伯的坟地。到了坟前，她跳出轿子，奔向梁山伯的坟墓。

突然，风起云涌，大雨倾盆而下。只听见"轰隆"一声，梁山伯的坟墓裂开一道缝隙。祝英台毅然跳到坟墓中，去寻梁山伯。此时，又一声巨响，坟墓又合拢了。

过了一会儿，雨过天晴，坟墓中飞出来一对蝴蝶。这对蝴蝶一高一低，一会儿飞到花丛中，一会儿飞到湖上，形影不离。原来，这两只蝴蝶就是梁山伯和祝英台。他们的感情感动了上天，因此变成了两只蝴蝶，永不分离。

后来，人们看到蝴蝶就想到了梁山伯和祝英台，都为他们矢志不渝的爱情所打动。

五、白蛇传

在民间故事中，草木、蛇虫也有生命，也分善恶。著名故事白蛇传就讲述了一条修行千年的白蛇和凡人许仙相恋的故事。在这个故事中，又有怎样的凄美情节？不如我们现在一起去欣赏一下吧！

很久以前，有一条白色的蛇，她受观音菩萨的点化后，修炼千年变成了人形，名为白素贞。她记得在刚开始修炼时，曾经被一个牧童救过，所以一心想要找到这个恩人，报答他的救命之恩。于是，她和一起修炼成人形的姐妹小青共同来到凡间，寻找恩公。

这天，恰逢清明节，她们看到人们成群结队，出来扫墓、踏青，便在人群中寻觅恩公的身影。一番寻觅之后，她们终于认出一个叫作许仙的大夫就是她们要找的恩人。

这时，突然下起了大雨。白素贞和小青就借机躲雨，和许仙上了同一条小船。在船上，白素贞和许仙相谈甚欢，互生好感。下船后，许仙还把自己的伞借给了她们，自己淋雨回家。

白素贞见许仙生性善良、淳朴，对他的情意越来越深。许仙见白素贞温柔端庄，也生了情意。一来二去，两人互相喜欢，便结为了夫妻，过上了幸福的生活。

后来，白素贞和许仙生下一个孩子，异常聪明可爱。白素贞每天相夫教子，许仙每天诊病救人，日子过得甜蜜、恩爱。

    然而，一个叫作法海的得道高僧知道了这件事情，认为白素贞乃是白蛇所化，会危害人间，坚持要捉白素贞。他告诉许仙，他的妻子白素贞本是一条白蛇，让许仙赶紧离开白素贞。许仙不相信，不听法海的劝告。

    法海无奈，只好让许仙用雄黄酒试探白素贞，让白素贞现出原形。许仙抱着怀疑的态度，骗白素贞喝下雄黄酒，果然看到她变成一条大白蛇。许仙惊恐万分，吓得魂魄离开了身体。白素贞急忙找来灵芝草，救活了许仙，并把事情的来龙去脉告诉了许仙。

白蛇传

    许仙知道后，觉得白蛇也有真情，便不再纠结白素贞是白蛇这件事情，继续和白素贞恩爱度日。

    法海见这样都不能拆散他们，只好强行把许仙带到金山寺，关了起来。白素贞和小青见此，就前往金山寺救许仙。不料，在与法海争斗的过程中，白素贞用水淹没了金山寺，洪水伤害了很多生灵。

    观音菩萨知道后，为了惩罚白素贞，把白素贞压在了雷峰塔下，让她再修行千年。

    后来，白素贞和许仙的孩子长大，考取了状元。他知道父母的爱情故事后，感动不已，一心想要救母亲白素贞出来。于是，他便穿着官服，在雷峰塔前叩拜菩萨，求菩萨放了白素贞。

    菩萨被他打动，又见白素贞这些年苦心修炼，真心悔过，便放了白素贞，让他们一家团圆。再后来，菩萨见白素贞和许仙诚心礼佛，就让他们双双成为神仙，一起普度众生。

第八章

少数民族
故事

一、少数民族富有幻想的民间故事

民间故事是民族历史的活化石，少数民族民间故事也是如此。在众多历史悠久的少数民族中，也存在着资源丰富多彩的民间文化，蕴藏着众多精彩纷呈的民间故事。现在就让我们一起翻开少数民族的画卷，领略属于他们的风采吧！

中国有五十五个少数民族，每个少数民族都有着独特的传统文化和思想。而民间故事就是文化的一种表现形式，它用更丰富多彩的画面和生动形象的语言，为我们描绘出了每个民族专属的画卷，让我们可以在一场场奇妙之旅中阅读和体味属于少数民族的风情、文化。

藏族是青藏高原的原住民，主要分布在西藏自治区、青海省和四川省西部、云南迪庆等地区，是中国历史上不可分割的一个组成部分，也是中国及南亚最古老的民族之一。早在四千多年前，藏族的祖先就在雅鲁藏布江流域繁衍生息了。藏族的先民和许多经历过石器时代的先民一样勤劳、能干，他们用自己的双手创造了一个文明的民族。

而在众多的民间故事中，那些勤劳、正直的主人公就是藏族人民的真实写照。如《男孩与国王》中的男孩，几次被国王残害，依旧保持一颗赤诚之心，乐于帮助他人，热爱生活，愿意为了美好未来而努力奋斗。

壮族是中国人口最多的少数民族，主要聚居在南方。说起壮族，不得不提的是他们享有盛名的纺织工艺品，距今已经有一千年的历史。他们生产的织锦花纹别致，结实耐用，与南京的云锦、成都的蜀锦、苏州的宋锦并称

"中国四大名锦"。

关于织锦，壮族流传着一个美丽的传说：相传，壮族青年古卡、依娌集结百鸟的力量，制作了百鸟衣，用来反抗邪恶势力，追求爱情。这个故事也是当时壮族人民想要反抗权贵、争取自身利益的愿望，寄托了他们对美好生活的向往。

彝族是中国第六大少数民族，主要分布在云南、四川、贵州、广西壮族自治区等地区。彝族民间文学形式多样，内容丰富，包括神话、传说、童话、诗歌、谚语、谜语等多种内容，其中大多数文学都是依靠口头相传保留下来的。

在民间故事中，不同时期的传说反映了彝族不同历史时期的特点。比如天地万物的起源反映了彝族人民对人类起源的认识，月琴传说等表现了正义与邪恶的斗争，歌颂了劳动人民的勤劳、勇敢、聪明、机智等。

除此之外，还有苗族、傈僳族、回族、满族……每个民族都有自己的民间传奇故事，都有属于自己独特的奇幻传说，其中也蕴含着不同种族的文化和历史。这些民间故事汇成的民族版图，色彩绚烂，让人为之神往。

二、男孩和国王

藏族也有很多传奇的故事，这些故事中的主人公往往是勇敢、正义、善良
的化身，他们愿意为了人们牺牲自己，当然其结局也大多是圆满的。接下来，
就让我们一起来看一个男孩和国王的故事，看一看这里面的男孩是如何化险为
夷、获得幸福的。

从前，有一个农民，他的妻子在生孩子的时候难产去世了，只留下
一个男孩和他相依为命。这个男孩天生异常，过了十年，还像个
小孩子一样，长不高。

这天，有个老人路过此地，他摸了摸男孩的头，告诉农民，这个孩子将
来会做国王。农民听了很欢喜，更加喜欢这个孩子。

不料，这个消息被国王听到了。他怕男孩会抢了他的王位，就派人把这
个男孩抢了过来。他把男孩装进了木箱子，扔进大河中。然而，农民洗衣服
时发现了这个木箱，又把孩子带回了家。

国王非常生气，又下命令把男孩带到了宫殿。他命令男孩去天上找三根
仙女的头发，不然就把他杀掉。

男孩没有办法，只能回家拜别父亲，踏上了寻找仙女的路。

他走啊走，走到了一条江边。一个头发斑白的老人把他送到了对岸，临
别的时候，老人告诉他："我已经老了，如果你见到仙女，帮我求求仙女，换
一个摆渡人吧！"

男孩答应了老人的请求，接着往前走。走啊走，又走到一个寨子里。寨子里的人知道了男孩的来意，就对男孩说："我们寨子里有一棵千年大桃树，现在不知道为什么不结果了，你要是见到仙女，帮忙问一下吧！"

男孩答应了他们的请求，继续往前走。走啊走，他又到了另一个寨子里。寨子里的人听说他要去找仙女，就对他说："我们寨子里的一条江河不知道为什么干枯了，我们都没有干净的水喝，你如果见到仙女，帮我们问一下吧。"

男孩答应了他们的请求，继续赶路。终于，他历尽千辛万苦，找到了仙女的住处。这时，仙女正在睡觉，他就把所有的事情告诉了仙女旁边的一个姑娘。姑娘被男孩的勇敢所感动，决定帮助他。

姑娘轻轻地拔下仙女的三根头发，仙女被惊醒了。姑娘告诉仙女老人和两个寨子的事情。仙女说："这有什么难的。那个老人只要找到一个有急事的人，把船桨递给他，就可以摆脱摆渡了。千年桃树里有一个洞，洞里有一条毒蛇，只要用灶灰把毒蛇烧死，桃树就会结果了。江河干枯，是因为江头的出口处睡着一条大蟒蛇，只要用毒箭把蟒蛇杀死，江水就会流了。"说完这些，仙女又睡着了。

男孩知道后，拜谢了姑娘，拿着头发开始启程回去。回去的路上他帮助寨子里的人杀了蟒蛇和毒蛇，又把仙女的话传达给了老人，然后回到了自己的国家。

他把三根仙女的头发交给了国王，便告诉国王他路过一个寨子，里面有一棵千年桃树，吃了那儿的桃子能延年益寿。国王被吸引了，就让男孩替他当几天国王，自己出发去寻找仙桃。

他走到江边，急着渡河。老人见他着急，就把船桨给他，自己走了。国王拿着船桨，想要甩开，却发现自己怎么也甩不掉船桨，就这样他在江边当了一辈子的摆渡人。而那个男孩则代替他，当了一辈子的国王。

三、阿凡提给法官染布

在中亚、西亚和我国新疆地区的传说中，有这样一个人物：他从小聪明伶俐，智慧超人，在统治者、巴依、富商等不停地欺诈百姓的时候，他用自己的智慧和幽默，无情地讽刺并智斗地主、财主、统治者，为老百姓伸张正义。他就是维吾尔族传说中的机智人物——阿凡提。

相传，阿凡提出生在一个贫苦的农民家庭。但是他天资聪颖，六岁就读完了小学，十一岁就开始学习古兰经①，十七岁就可以翻译阿拉伯语书籍。阿凡提看到当时的统治者、富商、巴依等欺压百姓，百姓因此陷入水深火热之中，他对百姓的遭遇非常同情。

于是，阿凡提勇敢地站了出来，用自己的智慧、语言技巧智斗财主、富商、统治者。在众多传奇故事中，有一个关于阿凡提和法官的故事。

一次，阿凡提在镇子上开了一家染坊。不久，一个法官来到这个镇子，住在一个财主家里。

财主觉得自己家里住着一个法官，非常光彩，便到处向别人炫耀这件事情。这天，他看到阿凡提，就向阿凡提吹嘘："我们家里住着一位法官老爷，他学识渊博，非常有智慧，是世界上数一数二的聪明人物。"

阿凡提听了，笑着说："老爷您说的也有可能，不过现在法官给人办事用

---

① 古兰经：伊斯兰教唯一的根本经典。

不着智慧，只看谁给的钱比较多。正是因为这样，您家里的法官脑子里才全是智慧，因为他把智慧都藏起来了。"

一听这话，财主很生气，他冷哼一声离开了。到了家中，他把这件事情告诉了法官。法官气急败坏，吵嚷着要找阿凡提算账。财主幸灾乐祸地把法官领到阿凡提的染坊，想要看阿凡提的笑话。

法官一见到阿凡提，就拿出一匹布，对阿凡提说："听说你染布的手艺高超，那你给我把这匹布好好染一染，让我看看你的本事。"

阿凡提淡定自若，问道："好的，法官先生，不过你想要染成什么颜色的呢？"

法官有心捉弄阿凡提，便说："我要染的颜色很普通，它不是白的，不是黑的，不是红的，不是蓝的，不是绿的，不是紫的，不是灰的，也不是黄的，你明白了吗？"

财主在一旁，也起哄道："你不是说你的智慧不仅在脑子里，还会用吗？那你就发挥你的智慧给法官染好这匹布吧，如果染不好，你的麻烦可大了。"

阿凡提知道他们两个是故意来挑衅的，但是仍然把布接了过来，笑着说道："这有什么难的，我肯定能染好，让法官大人满意。"

法官看着阿凡提蛮有把握的样子，质疑地说道："你真的能染？那么，你多久能染好呢？哪天我能来取回我的布？"

阿凡提一边把布放到柜子里，一边说道："取布的时间不是星期一，不是星期二，不是星期三，不是星期四，不是星期五，不是星期六，也不是星期日。到了那一天，您就可以来取了，我一定会让您满意的。"

听完阿凡提的话，法官气得说不出话来，旁边的财主也变得哑口无言。他们尝到了阿凡提手段的厉害，灰溜溜地离开了染坊。

四、月琴的传说

彝族的音乐荡气回肠，舞蹈婀娜多姿，在乐器方面也卓有成就。其中，一种叫作月琴的乐器在彝族文化中占有很重要的地位。人们无论是日常生活，还是节日庆祝，都少不了弹奏月琴增加气氛。尤其是在节日里，男子弹着月琴，女子随着音乐跳舞，画面十分优美。关于月琴，彝族还有一个美丽的传说。

很久以前，人类和动物一样都不会说话，并且经常互相残杀，世界一片混乱。为了改变这种状况，天神就在四川凉山的最高峰上放了四只碗：金碗、银碗、铜碗、木碗。这四只碗里分别盛着蠢水、恶水、善水、智水。谁也不知道哪个碗里装着什么水，天神让人和动物都来选择一种。

四川凉山有一个彝族孤儿，他听说邛池[①]里有只神蛙，它知道哪只碗里盛着智水，就去邛池找神蛙。

等他到了邛池，发现一只黑乌鸦正在欺负神蛙。他立刻赶走了黑乌鸦，救了受伤的神蛙。他告诉神蛙，他要去凉山喝水，想要知道哪只碗里是智水。

神蛙忍着疼痛告诉孤儿："刚才那只黑乌鸦也是来问我的，但是我不愿意告诉它。现在你救了我，我就把秘密告诉你，木碗里装的是智水，喝了它你就可以变成世界上最聪明的人。不过，你不要忘了给我留一口智水，帮我治疗伤口。"

---

① 邛池：位于四川省凉山彝族自治州西昌市，古称邛池。

孤儿答应了神蛙，转身去凉山喝水。到了凉山最高峰上，孤儿看到各种动物和人挤在一起，正围着四碗水看来看去。他们都不知道哪只碗里是智水，都犹犹豫豫不敢尝试。那只伤害神蛙的黑乌鸦也在天空盘旋，时刻窥测着动静。

孤儿害怕黑乌鸦抢水喝，就急忙从动物和人群中挤了进去，然后端起木碗，一口气把智水喝完了。孤儿兴奋地喊着："我变聪明啦！"他激动地跳了起来。当他放声高歌的时候，不小心打翻了木碗。

他突然想起来神蛙的话，立刻把木碗拿起来。可是，现在的木碗里一滴智水都没有了。他伤心极了，觉得辜负了神蛙，就一边抱着木碗流泪，一边跑着去找神蛙。还没走到一半，他的泪水就流了一整碗。孤儿心想，泪水是最珍贵的水，兴许也能治好神蛙的伤呢。

于是，他抱着一丝希望，快速向邛池跑去。等他赶到邛池的时候，已经到了黄昏。可是，他找遍了整个邛池，也没有看到神蛙。就在这时，他听到黑乌鸦的声音。他抬头一看，黑乌鸦正在一棵枯树上残害神蛙。

原来，黑乌鸦见到孤儿喝了智水，知道是神蛙把秘密告诉了孤儿，就返回来找神蛙算账。

孤儿惊呆了，不知道该怎么办。忽然，他灵机一动，把手中的木碗扔到枯树上。一时间，木碗里的泪水就像火焰一样，喷在黑乌鸦的身上。不一会儿，黑乌鸦浑身着火，它赶紧飞下枯树，跑到邛池里面。还没等到火扑灭，黑乌鸦就被烧死了。

孤儿立刻爬上神树，救助神蛙。然而，神蛙已经被黑乌鸦吃掉了五脏六

腑，只剩下了一张碧绿的皮。孤儿捧着神蛙的皮，泪如雨下。

后来，孤儿为了悼念神蛙，就把神蛙的皮蒙在木碗上，做了一把月亮似的二弦琴，并取名为"俄巴[①]月琴"。每当他思念神蛙的时候，他就抱起月琴弹奏，琴声似乎在诉说他的悲伤和思念。

直到今天，彝族男子在弹奏月琴时，弹到激烈处其神态和人痛苦时的神态一模一样。因此，人们又把月琴叫作忧伤的琴。

---

① 俄巴：彝族语言，意思是神蛙。

五、跳花节的由来

在平坝①地区有一个热情好客、能歌善舞的民族——苗族。苗族有很多奇特的风俗和节日，尤其是农历正月的跳花节格外隆重。跳花节是什么节日？它又是如何产生的呢？对此在苗族流传着这样一个故事。

很久以前，苗族有一个叫作"燕楼"的地方，里面住着一个叫作央鲁的苗族老人。央鲁为人勤奋，治家有方，他种出来的黄瓜又大又甜，寨子里的人都很羡慕。此外，央鲁有种神奇的魔力，他的诅咒都会实现。人人都怕央鲁的诅咒，所以谁也不敢轻易偷央鲁的黄瓜。

央鲁早年丧偶，只有两个女儿，大的叫悠，小的叫样。她们都长得如花似玉，非常美丽，是燕楼出名的美人。很多人都曾经求娶过她们两个，可是她们却只喜欢燕楼有名的猎手祝迪郎。

这天，央鲁的黄瓜都成熟了，他把黄瓜摘了下来，只留下一个种瓜，然后和寨子里的人一起把黄瓜运到集市上去卖。临行前，他告诉悠和样，一定要看好剩下的这个种瓜。

悠和样按照央鲁的吩咐，留在家中绣花，看护种瓜。忽然，她们听到树林里传来悦耳的箫声。她们知道祝迪郎来了，就兴高采烈地去树林里找他。

天气炎热，祝迪郎吹了半天箫，觉得口渴，可是附近没有河，也没有水

---

① 平坝：位于贵州省中部，因"地多平旷"而得名，隶属于贵州省安顺市。

井。样想起菜园里还有一个大黄瓜，就把黄瓜摘了下来，送给祝迪郎解渴。这时的悠和样，已经忘记了父亲的嘱咐。

三天后，央鲁回来发现黄瓜不见了，就质问悠和样。她们害怕父亲责罚，不敢说实话。央鲁一气之下，发出诅咒说："谁欺骗我，就要被老虎吃掉。"

不料，央鲁的诅咒真的实现了。一只大老虎蹿了出来，吼叫着想要吃掉悠和样。悠和样惊吓之中，说出了实情，求父亲原谅。央鲁看到大老虎，也后悔了，但是却收不回诅咒。无奈之下，他只好让寨子里的人在河心建了一座小楼，让悠和样躲在里面。

跳花节

老虎一看，够不到两姐妹，便变成了送饭的人，假意哄骗两姐妹，让两姐妹把它吊上了楼。到了楼上，老虎猛扑过来，把悠给吃掉了。样害怕得不得了，不知道该怎么办。

这时，祝迪郎路过此地，听到了楼上的叫声，立刻带着宝剑冲上楼。老虎一见祝迪郎，转头跑掉了，祝迪郎怕老虎再来害人，一路追着老虎而去。

央鲁知道悠死了，懊悔不已。他看到样还安然无恙，便决定把样嫁给打老虎的勇士。可是，当时的样太害怕了，并不知道谁救了她，只看到了勇士留下来的刀鞘和一只鞋子。

央鲁为了找到这个勇士，在正月初八这天开了一个跳花场，他告诉寨子里的男子，谁的刀能正好放进刀鞘，脚能正好穿上鞋子，他就把女儿嫁给他。

然而，寨子里的男子都尝试了一遍，也没有成功。到了第三天，一个身材魁梧、头发乱蓬蓬的男子来到花场，将手里的宝刀插入刀鞘，将脚伸进了鞋子里，一切都刚刚好。人们才知道，这个男子就是杀老虎的人，也就是祝迪郎。

原来，祝迪郎那天追着老虎进了深山老林，他翻越了九十九座山，过了九十九条河，才在黑林里把老虎杀死。他回到家，听到央鲁找勇士的消息，又立刻风尘仆仆地赶了过来。

之后，央鲁就把样嫁给了祝迪郎。从此，他们两人过上了幸福的生活。

后来，每到正月初八，苗族人民都要到花场上来，看青年男子和姑娘们跳芦笙①，希望他们能够找到意中人。就这样，跳花节一直流传到现在。

---

① 芦笙：一种簧管乐器，跳芦笙就是有人领吹芦笙，有人跟着芦笙旋律跳舞。

第九章

著名民间故事典籍

一、《说苑》

《说苑》又名《新苑》，是汉代著名文学家刘向所著，原本有二十卷，后来遗失了十五卷，经宋代曾巩搜集整理后，恢复二十卷，每卷都有标题。此书主要记述了春秋战国时期至汉代的逸闻轶事，里面还包含了很多治国安民、家国兴亡的哲理格言。

刘向，本名更生，字子政，祖籍沛郡丰邑①，是西汉阳城侯刘德的儿子。他从小喜好儒学，能作诗赋，曾经校阅群书，他编纂的《别录》②，是中国最早的目录学著作。

刘向为人平易朴实，廉洁乐道，学问渊博，其文章叙事简约，理论畅达。晚年，他采集了前代很多史料轶事，撰成《说苑》一书，记载了春秋战国时期到汉代的很多故事，是魏晋小说的先声。

在《说苑》一书中，刘向采用了大量的历史资料，内容多为哲理深刻的格言警句，故事性很强。除了第十六卷《谈丛》之外，其他卷大多篇目都是独立成篇的小故事，这些故事情节完整，文字简洁生动，清新隽永，有很高的文学价值。

如《说苑·权谋》中，记载了这样一个故事：

---

① 沛郡丰邑：今属江苏。

② 《别录》：书目名。中国第一部有书名、有解题的综合性的分类目录书。

客有过主人者，见其灶直突，傍有积薪。客谓主人："更为曲突，远徙其薪；不者，且有火患。"主人嘿然不应。俄而，家果失火，邻里共救之，幸而得息。于是杀牛置酒，谢其邻人，灼烂者在于上行，余各以功次坐，而不录言曲突者。人谓主人曰："乡使听客之言，不弗牛酒，弱亡火患；今论功而请宾，曲突徙薪亡恩泽，焦头烂额为上客耶？"主人乃寤而请之。

其大意为：

从前，有一个客人去探访一个朋友。进门前，他看到朋友家的烟囱很直，靠近烟囱的地方还堆积着很多柴草。这个客人便对主人说："你应该把烟囱改建成弯曲的，并且把那些柴草搬远一点，不然很有可能会引发火灾。"

主人听了，觉得并没有什么大不了的，所以没有回答客人，也没有按照客人说的去做。过了几天，家里果然失火了。邻居们知道后，赶紧跑来救火，一番抢救后终于把火扑灭了。

事情过后，主人为了答谢救火的邻居，特意宰牛摆酒宴请邻居。在宴席上，他请了所有帮助他救火的人，并且按照功劳的大小来排定座位。但是，这里面他唯独没有邀请那个当初劝告他，让他改建烟囱把柴草搬远一点的客人。

如果这个主人听从了客人的劝告，根本就不会发生这场火灾，也用不着宰牛摆酒宴请邻居，如此破费了。但是，这个主人直到最后在别人的提醒下才明白这个道理。

在这个故事中，刘向既嘲讽主人愚蠢，不知道听从别人的意见，也告诉人们为事业付出超出常理的奉献牺牲，往往会引起别人的怀疑，所以凡事都要适度而行，不能太过勉强。

此书中，很多故事都如同这个故事一样，富含哲理，引人深思，因此此书在魏晋乃至明清时期都有一定的影响。直至现在，《说苑》都是一部富有文学意味的重要文献。

二、《东坡志林》

《东坡志林》是宋代著名文学家苏轼所著，其内容广泛，无所不谈，全书体现了作者行云流水、涉笔成趣的文学风格。

苏轼是一个豪放又具有情趣的人，他在《东坡志林》中谈天说地，记录了出游交友、入仕致仕的各种闲情杂事，其洒脱豪放的性格在此书中也体现得淋漓尽致。

苏轼，字子瞻，号东坡居士，四川眉山人，是宋代著名的文学家。青年时期的苏轼才华横溢，学识渊博，二十二岁就中进士[①]，仕途一帆风顺。元丰二年[②]，他因为作诗讽刺新法而入狱，后来重新做官后仕途不顺，经常被贬谪到各种偏僻的地方。

然而，苏轼生性洒脱，不以为然。每到一处地方，就纵情山水，享受生活。在此期间，他编著了《东坡志林》，记述了他后半生的所见所闻。

在这本书中，不仅有很多幽默风趣的文章，还记载了很多灵异、鬼怪的民间故事。这些故事在苏轼的笔下活灵活现，生动形象，十分有趣。

如书中曾记载了这样一个故事：

---

① 进士：中国古代科举制度中，通过最后一级中央政府朝廷考试者，称为进士，是古代科举殿试及第者之称。

② 元丰二年：公元1079年。

眉之彭山进士有宋筹者，与故参知政事孙抃（biàn）梦得同赴举，至华阴，大雪，天未明，过华山下。有牌堠云"毛女峰"者，见一老姥坐堠下，鬓如雪而无寒色。时道上未有行者，不知其所従（cóng，同"从"）来，雪中亦无足迹。孙与宋相去数百步，宋相过之，亦怪其异，而莫之顾。孙独留连与语，有数百钱挂鞍，尽与之。既追及宋，道其事。宋悔，复还求之，已无所见。是岁，孙第三人及第，而宋老死无成。此事蜀人多知之者。

其大意为：

很久以前，眉州彭山县有一个叫作宋筹的进士。这年，他和同乡孙抃一起去京城赶考。到达今陕西省华阴县的时候，突然下起了鹅毛大雪，天空十分阴暗。但是宋筹和孙抃并不敢因此耽误赶考，依旧早早地起床赶路。

途经华山脚下的时候，他们看到路边竖着一块木牌，牌子上写着"毛女峰"三个字。木牌旁边还坐着一个老太太，头发雪白但面上却没有清寒的样子。宋筹看见后，虽然觉得怪异，但没有理会直接走了。孙抃却觉得老太太可怜，不放心老太太独自在雪中，因此他把身上带的银钱都给了老太太。

后来，两人说起这个老太太，都觉得这件事情有些蹊跷，感觉这个老太太并不是寻常人物，宋筹因此后悔没有帮助老太太。于是，两个人就又回去找这个老太太。然而，这时的老太太已经不见踪影。宋筹懊悔至极，但也无济于事。

这一年，孙抃考上了探花①，后来做到了朝廷的副宰相，可以算得上是位极人臣。而宋筹却落了榜，并且终其一生，没有特别大的出息。这件事情被人们知道后，成为四川人津津乐道的故事。

在文人眼中，《东坡志林》不失为另一个世界。这个世界里的人物风流洒脱，放荡不羁，无限自由。其实，这也正是苏轼人格魅力的体现，以及苏轼渴望自由、热爱生活的写照。

---

① 探花：中国古代科举考试中对位列第三的进士的称谓。

三、《梦溪笔谈》

《梦溪笔谈》是一部笔记体著作，作者是北宋著名科学家、政治家沈括。此书大约成书于公元 1086 年到 1093 年，收录了沈括一生的所见所闻和见解，内容涉及天文、历法、气象、地质、地理、农业、文学、历史、人事、军事、法律等诸多领域，被称为"中国科学史上的里程碑"。

沈括，字存中，杭州钱塘人，一岁时随父南迁至福建的武夷山、建阳一带。他从小善于观察，思维敏捷，因此受到众人的喜爱。

相传，他小时候在读白居易的诗句"人间四月芳菲尽，山寺桃花始盛开"时，非常好奇为什么山上的桃花开得这么晚。于是，他就亲自登上山顶查看。到了山上，一阵阵冷风吹过，他恍然大悟。原来，山上风冷天凉，与山下的温度不同，所以山上的桃花开得晚，凋谢得也晚。

正是沈括这种从小追求真理、乐于探索的精神，成就了他的创新思想，以及未来的事业。在仕途上，沈括屡建佳绩，官职一再升迁。不过，到了元丰五年①，他在永乐城战争中被西夏所败，因而被贬。到了晚年，他便在镇江梦溪园将自己平生见闻撰写成书，名为《梦溪笔谈》。

这本书共二十七卷，分为十七个门类，分别为故事、辩证、乐律、象数、人事、官政、机智、艺文、书画、技艺、器用、神奇、异事、谬误、讥谑、

---

① 元丰五年：公元 1082 年。

杂志、药议，内容涉及天文、历法、气象、地质、艺术、人事、文学等诸多领域。

在整本书中，人文科学类如人类学、语言学、音乐等方面的内容约占百分之十八，自然科学方面的内容约占百分之三十六，人事、军事、杂闻逸事等内容占全书的百分之四十六。

其中，关于杂闻轶事的记录，笔法简朴，清新有趣，并且富含引人深思的哲理。如《权谋》篇记载了这样一个故事：

陈述古密直，尝知建州浦城县。富民失物，捕得数人，莫知的为盗者。述古绐曰："某寺有一钟，至灵，能辨盗。"使人迎置后阁祠之。引囚立钟前，谕曰："不为盗者摸之无声，为盗者则有声。"述古自率同职祷钟甚肃，祭讫以帷围之。乃阴使人以墨涂钟。良久，引囚逐一以手入帷摸之。出而验其手，皆有墨，一囚独无墨，乃见真盗——恐钟有声，不敢摸者。讯之即服。

其大意为：

从前，有一个叫作陈述古的枢密院直学士[①]。他出任建州浦城县令的时候，遇到有人偷盗，就派人抓到了一些偷盗的嫌疑犯。为了找到真正的盗贼，他对所有的嫌疑犯说："一个庙里有一口钟，可以辨认强盗，非常灵验。"

于是，他就派人把那口钟搬到后院，然后把嫌疑犯都带到钟面前。他告诉这些嫌疑犯："不是强盗的人摸这口钟不会有声音，是强盗的人摸了这口钟则会有声音，现在你们就分别摸一摸这口钟，看一看结

陈述古捉贼

---

① 枢密院直学士：官名，后唐开始设置的，宋朝沿袭了这一官职。

果吧！"

陈述古说完，带着众人很认真地祭拜这口钟。然后，他让人用帷帐把钟围了起来，暗中派人在钟上涂上了墨水。接着，他把嫌疑犯都带了上来，让他们一一把手伸进帷帐去摸钟，出来后一一检验他们的手。结果，只有一个嫌疑犯手上没有墨水。他把这个嫌疑犯抓起来审问，果然他招认了自己的罪行。

而说起这其中的缘故，只不过是这个人知道自己犯了罪，害怕钟会发出声音，所以不敢去摸。

可以说，在民间故事方面，《梦溪笔谈》是值得一提的典籍。尽管由于当时的社会环境，沈括撰写的民间故事存在不科学之处，但是此书的总体价值是众多学者共同认可的。

四、《阅微草堂笔记》

《阅微草堂笔记》原名为《阅微笔记》，是清朝翰林院庶吉士① 纪昀所著的以笔记形式编写的文言短篇志怪小说，主要记述了民间一些狐鬼神怪故事，其目的是劝善惩恶，维护公平和正义。

纪昀，字晓岚，号石云，清朝直隶献县② 人，曾任《四库全书》总纂官。晚年，他看透了封建社会的种种本质，内心世界日益封闭，在乾隆五十四年到嘉庆三年③ 十年间编著了《阅微草堂笔记》。

这本书记述的故事有真有假，旨在通过志怪民间故事来折射当时官场腐朽、黑暗、堕落的状态，旁敲侧击地揭露当时社会贪婪的人心和保守迷信的思想，表达了纪昀对社会下层广大人民悲惨遭遇的同情、悲悯。

此书中的很多故事颇有趣味，让人看过后久久不能忘怀。如书中曾经记载了一则老儒生和冥神的故事。

故事讲述了一个姓韩的儒生，性格正直，做什么事情都遵守礼法。一次，韩儒生得了风寒，被小鬼唤到了城隍庙。冥神翻了翻生死簿，发现小鬼抓错了人，就派鬼差打了这个小鬼二十下，让韩儒生重回人间。

---

① 翰林院庶吉士：中国明、清两朝时翰林院内的短期职位。

② 献县：今河北省献县。

③ 乾隆五十四年到嘉庆三年：从公元 1789 年到 1798 年。

韩儒生经此一遭，觉得不服，就质问冥神，为什么派一个糊涂鬼去抓人，都说冥神是聪明和正直的神仙，这样做哪里体现出正义了？冥神告诉他，凡事都不可能没有一点差错的，就连一年也不全都是三百六十五天，只要错了能够及时发现就是聪明，及时纠正错误就是正直。

类似这样的故事还有很多，除此之外，这本书还描绘了各种各样的角色，阐明了不同的道理，给人以不同的人生启示。

如第一卷中，写到一个男子沉着冷静，一次又一次打败了女鬼，最后女鬼黔驴技穷，羞愧地逃走了。在这个故事中，纪昀重点描述了这个男子"不畏则心定，心定则神全"，刻画了男子一身正气、勇于战胜邪恶的性格，旨在为读者树立勇气，灌输正义终将战胜邪恶的观念。

此书还描写了一些王公贵族、恶霸地主倚仗权势欺压百姓的故事。如第二十卷中写了一个富商贪色，强行抢夺别人的新妇，致使新妇的丈夫悲愤、忧郁而死。纪昀写这些故事的目的就是揭露当时富商、恶霸、王公贵族的恶行，以及他们荒淫无耻、唯利是图、腐朽丑恶的形象。

另外，此书还触及一些封建士大夫的不良作风和恶习。如第七卷中，讲到有一个假名士，他不学无术，胸中空如竹，但是家中却处处铺陈古董珍玩、文房四宝、琴棋书画，假装自己是风雅之人。在这些故事中，纪昀对矫揉造作、故作风雅之态的假名士，表现了毫不掩饰的厌恶之情。

总之，《阅微草堂笔记》一书为我们保留了丰富的官场和民间趣事、异闻，通过这些故事，我们可以发现当时社会隐藏的历史、文学和文化价值内涵。在这一点上，此书的价值是其他作品无法取代的。